우물밖 여고생

우물밖 여고생

글·사진 슬구

푸른향기
Prunbook Publishing Co.

prologue

여고생, 홀로 여행

입학식, 발표수업, 학예회, 학부모총회…. 나는 이런 날 한 번도 부모님의 손을 잡고 학교에 가본 적이 없었다. 맞벌이를 하시는 부모님은 항상 바쁘셨고, 어려서부터 혼자 옷을 입고 유치원 버스를 타던 나는 굳이 서운할 이유가 없었다. 오히려 도움 없이 혼자서 잘하는 딸이 되고 싶었고, 그래서 더 당당하고 씩씩하게 굴었다. 남들에게 꿀리는 것이 가장 싫었다. 늘 반장을 도맡아 하면서도 왜 너는 반장이면서 한 번도 엄마가 학교에 오지 않느냐는 친구의 말에 기분이 상해 모아왔던 용돈을 탈탈 털어 반 친구들에게 간식을 돌린 적도 있었다. 학교일에 관여하는 것이 부담스러워 나에게 반장을 하지 말라는 엄마에게 "괜찮아. 내가 잘하고 있어. 엄마는 신경 안 써도 돼."라고 말했다. 난 엄마에게 혼자서도 잘하는 똑순이, 아빠에게 자랑스러운 복덩어리였다. 언제나 밝고 무리에 앞장서길 좋아하는 성격 탓에 내 주위는 언제나 시끄러웠다. 그것은 소음일 때도 기분 좋은 울림일 때도 있었지만, 가끔은 음소거를 해두고 혼자만의 시간을 보내기도 했다. 왈가닥하는 성격과는 달리 글로 내 생각을 표현하기를 좋아했다. 틈만 나면 누군가에게 손편지를 써주었는데, 다니던 학원을 관두고 싶다는 말까지도 나는 편지에 적어 엄마에게 드렸다. 그때마다 엄마는 더 이상 이유를 묻지 않고 알았다고 말했다. 학원을 다녀본 적이 다섯 손가락으로 꼽을 정도로 적다. 고등학교에 들어와서는 한번도 사교육을 받은 적이 없는데, 첫째는 학원을 다닐 만큼 넉넉한 형편이 아니기 때문. 둘째는 굳이 다닐 필요가 없다고 생각하니까. 적어도 나는 그렇다. 대신에 부모님은 내게 더 많은 책을 쥐어주셨다. 그리고 좀 더 넓은 세상을 보고 오는 걸 허락해 주셨다. 훗날 커서 아이를 키울 자격이 된다면 난 꼭 나의 엄마 같은 사람이 되어 있었으면 좋겠다. 아이의 길을 대신 터주진 않지만 지쳐 쓰러질 때면 뒤에서 묵묵히 받쳐주는 조력자 같은 사람. 나는 그런 엄마가 되고 싶다. 왜냐면 그런 엄마 밑에서 자란 나는 정말 행복하니까. 부유한 집안도 아니고, 그리 화목했던 가정도 아니었다. 지금은 조각이 나버린 가족이지만 한 번도 이런 상황을 원망한 적은 없다. 다른 사람이 나의 부모님이 된다는 건 상상조차 해본 적이 없으므로.

여덟 살 터울의 남동생이 태어나자마자 일을 나가야만 했던 엄마 대신 나는 태현이의 작은 엄마가 되었다. 기저귀 갈기와 분유 타기부터 시작해서 학교에 가기 전, 태현이를 들춰 업고 어린이집에 데려다 주는 건 언제나 내 몫이었다. 사춘기를 겪던 철부지 나에게 동생은 그저 귀찮기만 한 찰거머리 같은 존재였다. 돌이켜보면 그게 얼마나 미안한지. 덕분에 동생 얘기만 꺼냈다 하면 눈물부터 터지는 버릇이 생겼다. 태현이는 모르겠지만 나에겐 그 일이 꽤나 죄책감으로 남아서 가끔 가슴 한구석이 먹먹해질 때가 있다. 그래서 중학교를 졸업할 무렵부터는 무엇이든 동생과 함께 하려 했다. 밥도 같이 먹고, 영화도 같이 보고, 생일선물로 같이 놀이공원에 가기도 했다. 이 글을 쓰는 지금도 태현이는 내 옆에서 곤히 자고 있다. 이렇듯 내가 동생을 대하는 감정은 좀 특별하다. 아니, 유별나다고 해야 할까. 남매의 정과 모성애의 중간쯤. 아마 그쯤일 거다. 내 닉네임인 '슬구'는 내가 태현이를 부르는 애칭인 '탱구'에서 따온 것. 앞으로의 목표가 있다면 탱구와 평생 기억에 남을 여행을 함께 떠나는 거다.

열일곱의 생일이 지나자마자 바로 햄버거 집에서 아르바이트를 하며 돈을 모았다. 딱히 무얼 사거나, 하고 싶다는 목표가 있던 것은 아니었다. 그저 내 힘으로 직접 돈을 벌어보고 싶었다. 아르바이트 첫날, '난생처음'이 앞에 붙는 온갖 생소한 것들에 잔뜩 치여 아주 만신창이가 되었다. 백 원짜리 하나도 쉽게 얻어지는 게 아니라는 걸 몸소 느꼈고, 엄마에게 절로 사랑한다는 말이 나왔다. 힘들었지만 꿋꿋하게 버텼다. 다행히 함께 일하는 분들도 모두 좋은 분들이셨고, 착한 친구들이어서 재밌게 일을 할 수 있었다. 공부도 놓치고 싶지 않아서 나름대로 많이 애를 썼다. 꼭 교과서나 단어장을 가져가서 짬이 날 때마다 틈틈이 펼쳐 보았다. 그런 날 좋게 보신 사장님은 시험기간만 되면 2주씩은 아르바이트를 쉴 수 있게 해주셨고, 덕분에 나는 그 어느 때보다 좋은 성적을 받을 수 있었다. 잠을 줄여가며 이토록 열심히 했던 적은 거의 처음이었다. 열일곱이 끝나갈 즈음, 목표 없이 쌓아만 두었던 돈에게 서서히 이유가 붙기 시작했다. 예전부터 갖고 싶었던 카메라를 구매할 결심이 선 것. 그리고 오래오래 품어두었던 여행을 열여덟에 꼭 가겠다고 마음을 먹은 것. 일 년간 아르바이트를 하면서 모은 돈이 많지는 않았지만 오직 내 힘으로 하나 둘 목표를 이뤄갔다. 그때의 기분은 말로 표현할 수 없을 정도로 뿌듯했고 또 짜릿했다. 열여덟의 평범한 인문계 고등학생이, 학원이 아닌 대한민국 곳곳을 홀로 여행한다는 걸 모두가 신기해했다. 대부분이 좋은 시선으로 바라봐 주었지만 반대로 학생이 공부는 뒷전이냐며 도리어 날 타박하는 사람도 있었다. 그럴수록 난 더 열심히 여행했다. 내 선택이 옳았음을 보여주기 위해서. 나는 단순히 체험학습이나 수학여행 따위를 한 게 아니다. 일 년간 직접 발로 뛰며 보고, 느끼고 경험했고, 홀로 아파하다, 즐거워하다, 울적해지기를 반복했다. 나는 그런 여행을 했다. 10대의 목표는 명문대학의 입학증명서가 아니다. 행복한 삶을 사는 것. 좀 더 나다운 삶을 찾는 것. 적어도 나의 목표는 이러했다.

처음 출판사에서 연락이 왔을 때 깜짝 놀랐다. 스스로 대단한 여행을 하고 있다거나 솜씨 좋은 사진을 찍는다고 생각한 적이 없어서 과연 책을 낼 주제가 되나 싶었다. 나는 이제 막 여행을 시작한 햇병아리 여행자이다. 남들에게 자랑할 대단한 에피소드나 남들은 가보지 못한 특별한 여행지가 있는 것도 아니다. 그런데도 불구하고 개인 SNS에 사진과 여행

담을 올리는 내가 관심을 받게 된 건 '홀로 여행하는 여고생'이라는 점이 꽤 신선하게 다가왔기 때문이 아닐까. 교실 속에 갇혀 있는 고등학생이 아니라 교실 밖으로 나온 여고생. 낯선 곳을 여행하고, 삼각대로 사진을 찍으며 혼자서도 재미있게 놀 줄 아는 우물 밖 여고생. 미리 말하지만, 특별한 것은 없다. 나를 자랑하겠다는 건 더더욱 아니다. 나는 대한민국의 평범한 여고생일 뿐이다. 그런 내가 이런 여행을 했노라고, 이러한 것을 느꼈다고, 그러니 너도 할 수 있다고, 글과 사진으로 전하고 싶을 뿐이다.

004 prologue 여고생, 홀로 여행

014 나 혼자 갈게
016 순정만화 마니아
018 첫 여행
020 진짜 일본?
022 카와이!
024 교토 할아버지
026 벚꽃
030 고즈넉
032 캐리어 도둑
036 닭장
038 처음
040 스미마셍
042 우물 안 개구리
044 사랑의 방생
046 자잘한 경험
048 사서 고생
050 바닷가 마을
052 식당 아주머니
054 안개
058 돌부리
060 제주도
062 인증샷
064 무계획
066 야자수
068 제주의 색
070 별빛 투어

072 에이틴 트레블러
073 날씨의 조건
074 하늘
076 돌담
078 억새풀
080 수학여행
081 비스킷
082 그랬으면 좋겠어
084 마침내 날다
088 우도
092 막배
094 스쿠터 할아버지
095 고양이
096 평강이 온달이
098 뚜벅이 여행가
100 놀이공원
102 행복
104 성장통
106 넌 어떤 사람이니?
108 버스정류장
110 버스기사
112 두 개의 나
114 안부
115 기념품
116 이 순간
118 행복 습관

120 가슴 벅찬
122 노래 한 곡
123 꿈
124 맨얼굴
126 기차여행
129 빵
130 신라의 달밤
132 나를 찍다
135 토스트
136 황구
138 파란 도화지
140 벙어리장갑
142 찜닭 반 마리
144 여행 스타일
146 뒤를 돌아보세요
148 작은 울림
150 에그타르트
152 바스락
154 나뭇결
156 엄마 저는요
158 여행은 사치가 아니
160 슬럼프
162 단돈 2천원
164 대롱대롱
166 허수아비들
168 외나무다리

172 시행착오
174 항해
176 도전
177 웃음
178 하루 더
180 작은 낭만
182 뜻밖의 메시지
184 삶은 달걀
186 삼각김밥
188 게스트하우스
190 성공한 삶?
192 한 장의 사진
194 왠지 모를
196 열여덟
200 코끼리보아뱀
202 갈림길
204 포즈
206 배움
208 태권브이
210 그냥 이대로
212 1분 1초
214 집이 최고야
216 여전히
218 epilogue
작은 위로가 되기를

처음 여행을 결심했던 건 2015년 새해. 혼자 재미삼아 버킷리스트를 쓰면서였다. 아르바이트로 돈도 꽤나 모았겠다, 초등학생 때부터 꿈꿔온 일본여행을 엄마와 함께 꼭 가보겠노라! 했던 거였다. 그리고 늘 그렇듯, 작심삼일 새해계획쯤으로 잊혀 가겠지 싶다가 우연히 들른 서점에서 오사카 여행 책자를 덜컥 사버린 게 여행의 시작이 되었다. 그리고 며칠 뒤, 찜질방에 도란도란 앉아 맥반석 계란을 까먹다가 엄마는 아차, 하며 마치 까먹은 얘기가 있다는 듯 입을 열었다.

"있잖아, 일본여행. 나 그거 못 가. 바빠."

순간 먹던 계란이 목에 턱 걸릴 뻔했다. 낮이며 밤이며 여행 공부를 하고 있

었는데. 이미 우리가 탈 비행기며 머물 숙소까지 다 정해놨단 말이다! 내 여행이, 나의 부푼 꿈이, 여기서 좌절될 수는 없다고!

"그럼, 나 혼자 갈게."

17살이 되도록 비행기 한 번 안 타본 나는 거의 폭탄발언에 가까운 말을 엄마에게 던졌다. 혼자 여행을 간다는 건 상상해 본 적도 없다. 꼼꼼하게 짜둔 계획은 언제나 두 명이 함께였다. 그러니까 이 여행의 시작은 내 의도와는 전혀 다른 방향으로 흘러갔다는 거다. 그저 꼭 가고야 말겠다는 오기가 저지른 일이다. 가끔 사람들은 내게 묻는다. 어쩌다 혼자 떠날 생각을 한 거야? 그때마다 난 이렇게 대답한다. 그러게, 나도 몰라!

교토 기요미즈터

순정만화 마니아

어릴 때부터 줄곧 가고 싶은 나라 1순위였던 일본. 이유는 아주 단순하다. 내가 아주 열렬한 일본 순정만화 마니아였기 때문. 실제 내 책장 대부분은 만화책으로 채워져 있다. 초등학생 때 방학숙제로 일본여행 계획 짜기 같은 걸 해간 적이 있었다. 꽤나 진지하게 했던 걸로 기억하는데, 그때 숙제로 해갔던 것을 실천하기도 했다. 도톤보리에서 다코야키 먹기. 교토에서 기모노 입기 같은 것들. 초등학생 슬기의 꿈을 고등학생 슬기가 대신 이뤄준 기분이랄까.

첫 여행

"혼자 가는 건 체험학습 신청을 내줄 수가 없어."

청천벽력 같은 소식이었다. 이미 비행기 티켓을 예매해둔 상태인데 학교에선 체험학습, 그러니까 인정결석 처리를 해줄 수가 없다고 단호히 말했다. 그 말은 꼼짝없이 무단결석 처리를 받는다는 거였다. 결석 자체가 생활기록부에 주는 영향이 무척 크다는 걸 나도 잘 알고 있기 때문에 과연 그걸 감내하면서까지 일본을 가야 할까 하고 며칠을 고민했다. 결국 날짜를 옮기기로 마음먹고 항공권 취소 수수료 5만 원을 지불했다. 피땀 흘려 번 내 돈이 이렇게 허무하게 쓰이다니. 학교 규정이 원망스러웠지만 어쩔 수 없다는 걸 받아들이고 처음부터 다시 계획을 세우기 시작했다. 여행 일정을 평일에서 주말로, 아침 비행기를 오후 비행기로 바꿨다. 결석이 아닌 조퇴 처리를 받기 위해 아침에 학교를 들러야 했기 때문이다.

갑자기 계획이 틀어져 당황했지만 나름 순조롭게 흘러가고 있었다. 숙소만 빼면 말이다. 오사카에 있는 게스트하우스 30곳에 메일을 보냈지만 들려오는 답이라곤 'Sorry. We hope to see you next time(미안해. 다음에 보길 바라).'뿐이었다. 그도 그럴 것이 하필 때가 벚꽃 절정기여서 여행객뿐만 아니라 일본 현지인들도 몰려드는 관광 피크 시기였던 것. 이러다가 정말 꼼짝없이 길바닥에 짐을 푸는 게 아닐까 싶었다. 여행은 코앞에 다가왔고, 밤낮으로 번역기와 씨름하며 메일을 보냈지만 전부 다 퇴짜를 맞아버렸다.

이제는 거의 포기 상태였다. 엄마한테 돈을 빌려 호텔에 묵어야 하나 생각했다. 여기까지 안 된다고 하면 그만 미련 갖고 싼 호텔을 찾아보자. 그런 마음으로 마지막 메일을 보냈다. 그런데, 있단다. 방이 있다고! 답장을 받자마자 환호성을 질렀다. 비록 인터넷 후기도 없고 번화가에서 꽤 떨어져 있었지만 지금 그런 자잘한 것까지 잴 처지인가. 나는 당장 그곳을 예약했다. 이제야 좀 한숨 돌리나 싶었는데 환전하랴, 보험 들랴, 더 험난한 일들이 나를 기다리고 있었다. 하도 정신이 없어서 여행 당일이 오는 줄도 몰랐다. 여행은 시작부터 꼬였고, 어려웠다. 덕분에 걱정을 한 아름 껴안은 채 나는 오사카 행 비행기에 올랐다.

교토 아라시아마

오사

진짜 일본?

비행기가 착륙하자마자 기다렸다는 듯이 비가 쏟아졌다. 며칠 전부터 비 소식이 있긴 했지만 도착하자마자 내려주실 줄이야. 아아, 정말 친절한 날씨. 창문에 톡톡 부딪히는 빗방울들의 크기가 점점 커졌다. 상상했던 푸른 하늘은커녕 먹구름만 잔뜩 낀 오사카였지만, 내 마음은 그 어느 때보다 맑음이었다.

내가 진짜로 일본에 왔어? 대박!

카와이!

밤 10시, 입국심사가 늦어지는 바람에 깜깜한 일본의 밤거리를 걸어야 했다. 비는 그쳐서 다행이었지만 추적한 거리는 어쩐지 더 으스스했다. 영업 중인 가게도, 돌아다니는 자동차도 없었다. 더군다나 내가 예약한 숙소는 번화가에서 떨어져 있었다. 설렘은 공항에 두고 왔는지 지칠 대로 지친 몸뚱이와 낯선 도시에 대한 두려움만 남아 있었다. 낯선 곳에서 기댈 건 나뿐이었다. 겁이 많은 나는 어두운 거리를 혼자 걸으며 한 손으로 반대편 어깨를 꼭 끌어안았다. 그럴수록 더 움츠러들었다. 길고양이마냥 잔뜩 경계를 하며 걷는데, 내 앞으로 웬 중년의 남자가 성큼 다가왔다. 깜짝 놀란 나는 한 발짝 뒷걸음질 치며 그를 쳐다봤다.

'뭐지? 무서워. 나 괜히 왔나 봐.'

"카와이!"

내가 알고 있는 몇 안 되는 일본어가 고요한 밤거리에 메아리쳤다. 난데없이 뭐가 귀엽다는 거지? 내가 고개를 갸우뚱하자 아저씨가 다시 한 번 소리쳤다.

"카와이!"

그는 손가락으로 내 캐리어를 가리켰다. 헬로키티가 그려진 도트무늬

후카에바시역으로 가는 지하철 안

캐리어였다. 이방인이 자기 나라의 캐릭터 상품을 들고 있는 게 몹시 반가웠나보다.

"아, 아리가또 고자이마스!"

내가 어색한 일본어로 고맙다고 하자, 남자는 엄지를 치켜세우며 웃었다. 나도 마주보고 웃어주었다.

좀 전의 내가 참 못나 보였다. 제멋대로 색안경을 끼고 내가 만든 두려움 속에 갇혀 있었다. 경계심 때문에 아름다운 일본의 밤을 보지 못하고, 의심 때문에 사람을 외면하고 있었던 것이다. 나는 조금 더 용기를 내보기로 다짐했다. 기왕 여기까지 왔으니 부딪쳐 보자고. 아름다운 밤과 사람들과의 만남을 다 담아보자고.

교토 할아버지

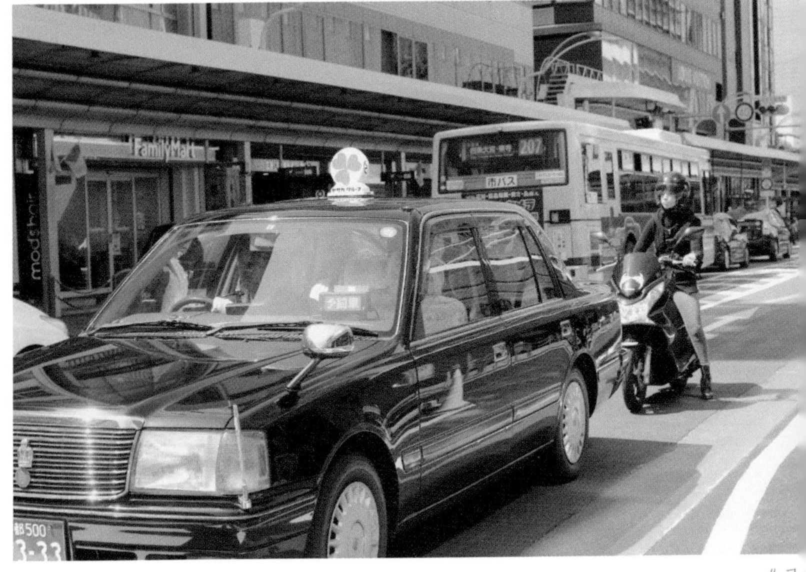

교

교토에서 할아버지 한 분을 만났다. 남색 체크셔츠가 잘 어울리는 백발의 할아버지였는데, 우연히 기요미즈테라로 가는 버스를 함께 타게 되었다. 렌탈샵에서 빌린 기모노를 입고 한껏 멋을 부린 내게 할아버지는 잘 어울린다며 껄껄 웃으셨다. 어울린다는 말이 일본어로 뭔지는 모르지만 할아버지의 표정과 제스처로 봐선 대충 그런 뜻이겠거니 짐작했다.

"아리가또 고자이마스!"

내 대답에 일본어를 잘하는 줄 아셨는지 할아버지는 도무지 따라잡을 수 없는 속도로 말씀하셨다.

"저 일본어 못해요!"

당황한 나머지 불쑥 한국말이 튀어 나왔다.

"하하하! 오케이, 오케이."

내 말을 또 어찌 이해하셨는지 할아버지는 알겠다며 엄지와 검지로 동그라미를 만들어 보였다. 이후에도 우리의 대화는 계속되었다. 넌 어디를 가고 있니? 할아버지는 교토에 사세요? 혼자 여행을 하니? 전 한국에서 왔어요. 몇 개의 낱말과 손짓과 표정으로 열심히 뜻을 전했다. 만일 누군가 우리를 보았다면 수화를 나누는 줄 알았을 것이다. 기요미즈테라에 도착하고서도 우리는 계속 대화를 나눴다. 내가 잠시 한눈을 판 사이 할아버지는 인파 속으로 사라졌지만, 교토 여행 내내 남색 셔츠를 입은 백발의 할아버지는 내 곁에 있었다.

벚꽃

아라시야마역에 내리자마자 은은한 벚꽃향이 코를 감쌌다. 맡기만 해도 기분이 좋아지는 그런 향에 절로 웃음이 났다. 사람들을 따라 걷자 곧 무지하게 큰 벚나무들이 나를 반겼다. 벚꽃밭이라 해도 과장이 아니었다. 원래 목적이었던 치쿠린은 머릿속에서 싹 사라질 만큼 눈송이처럼 떨어지는 핑크빛 꽃잎들에 온 정신을 뺏겼다. 할 수만 있다면 저 중에서 가장 큰 벚나무를 우리 집 앞에 옮겨 심고 싶었다.

아라시아마역

트 아라시아마

세상엔 수만 가지의 색이 있어요.

그 중 난 분홍빛이 가장 좋아요.

그냥, 가슴이 두근두근해서 좋아요.

고즈넉

고즈넉하다는 말을 안다. 뜻을 찾아보지는 않았지만 단어에서 풍기는 분위기로 이해했다. 일본의 골목길을 누비면서 난 고즈넉하다는 말을 떠올렸다. 고요하고 아늑한. 이곳에 딱 어울리는 말이었다.

캐리어 도둑

게다(일본 나막신)를 하루 종일 신어선지 발에 물집이 잡혔고, 지친 몸은 축 늘어졌다. 숙소에 가서 빨리 쉬고 싶었다. 여행 내내 한 숙소에만 머물기 때문에 나는 어제 잤던 방으로 들어갔다. 내 캐리어를 고이 접어서 방 구석탱이에 놓았는데, 아뿔싸. 캐리어가 통째로 사라진 거다. 순간 머릿속이 백지장처럼 하얘져서 몇 초 동안 가만히 멈춰 있었다. 이게 말로만 듣던 캐리어 도둑인가. 어쩔 줄 몰라 하다가 일단은 숙소 카운터에 내려가 보기로 했다. 사장님이 한국 분이신 게 정말 다행이었다. 나는 한국말도 어버버거리며 덜덜 떨리는 목소리로 사장님께 말했다.

"캐리어가요. 제 캐리어가 사라졌어요…."

당장이라도 울 기세였다. 사장님은 깜짝 놀라시더니 뭔 일이냐고 물었고, 나는 이젠 거의 눈물을 찔끔 흘렸다.

"분명 두고 갔는데, 오니까 통째로…."

아, 진짜 망했다. 나 이제 어떻게 하지. 한국은 어떻게 돌아가지? 수만 가지 생각이 내 머릿속을 헤집고 있는데 갑자기 사장님이 숙소가 떠나가라 웃으시는 거다. 팡 터질 것 같던 눈물이 쏙 들어갔고, 이 어처구니 없는 상황을 파악 해보려 애썼지만 도저히 내 머리로는 무리였다. 나는 사장님의 웃음이 멈출 때까지 가만히 기다렸다. 그래도 저러시는 걸 보니 내 캐리어의 행방쯤은 알고 계시겠지 싶었다.

"아내가 실수를 했어요. 오늘은 진즉에 만실이었는데, 슬기 씨 예약을 실수로 받아버린 거죠. 오늘은 거기가 아니라 저희 집에서 잘 거예요. 그래서 미리 짐을 다 옮겨뒀어요. 미안해요, 많이 놀랐죠."

이제야 이 당황스러운 상황이 이해가기 시작했다. 가까스로 예약한 이 숙소는 사실 만실이었고, 날마다 몰려오는 예약 메일에 아내분이 실수로 답장을 보내셨고, 그래서 나는 오늘 묵을 방이 없으며, 그래서 내 짐이 부부의 집으로 옮겨져 있던 거였다. 사실 처음에는 되게 기분이 나빴다. 내 돈 주고 예약한 방은 이용도 못하고 어째서 가정집에서 자야 하는가. 그리고 사장님이 왜 그렇게 놀랐냐며, 표정이 어땠는지 아냐며 자꾸만 날 놀렸다. 불쾌한 기분으로 숙소에서 멀지 않은 아파트까지 안내를 받았다. 표정은 계속 뚱해 있었다. 몸은 너무 지쳤고 발은 욱신거렸다. 집에는 나처럼 실수로 예약을 받아 당장 잘 곳이 없는 두 명의 남자

오사카 나카자키쵸

와 세 명의 여자가 있었다. 그 사람들도 처음엔 당황했지만, 실제로 예약한 곳보다 훨씬 좋은 곳에서 잠을 잘 수 있어서 좋다고 말했다. 알고 보니 이 집도 숙소로 사용이 되고 있는 곳이었다. 나는 조금 마음이 풀렸다. 밤이 깊어지자 다섯 명의 여행객과 부부가 날 불렀다. 식탁에 모여 앉아 서로 대화를 나누는 중이니 나도 끼라는 거였다. 이날 처음으로 게스트하우스의 매력을 느꼈다. 우리는 밤새 대화했고 밤새 웃었다. 여행을 마치고 돌아와 숙소 리뷰를 달러 홈페이지에 들어갔을 때, 리뷰 게시판에는 그날 만난 다섯 명의 사람이 있었다.

'혼자 일본에 왔던 멋진 고등학생 슬기 양~ 정말 즐거웠어요! 다른 분들도 모두 좋은 여행 하셨길!'

나도 따라 글을 썼다. 정말 좋았다고, 여행하면서 또 만나자고. 모두가 확인했기를 바란다.

닭장 속에서 평생을 사는 닭들의 날개는 자연스럽게 퇴화한다. 푸드덕 푸드덕 날갯짓을 해봤자 이제 날 수는 없다. 닭들은 그저, 누군가 인위적으로 집어넣은 닭장 속에서 푸르른 하늘을 올려다볼 뿐이다. 얼마 전까지만 해도 나는 닭장 속의 닭들과 다를 게 없었다. 사회가 요구하는 대로, 세상이 가르쳐준 대로 난 좁디좁은 독서실에 쿡 처박혀 있었다.

닭장

그런 내게 한 줄기 빛이 닿았다. 그 빛에 대한 호기심은 날 밖으로 이끌었고 날개뼈를 꿈틀거리게 했다. 내가 배운 것처럼 세상은 무섭지도, 험악하지도, 척박하지도 않았다. 오히려 눈부시게 아름다웠다. 나는 여전히 날지 못한다. 그저 닭장 속을 나와 조그마한 날갯짓을 할 뿐이다. 하지만 곧 날 수 있노라고. 더 높이 비상할 수 있노라고. 난 확신을 가진다.

처음

대부도

'처음'이라는 말이 붙으면 나는 항상 가슴이 뛴다.

설렘과 두려움이 뒤섞인 마음은 언제나 수줍다.

스미마셍

한국으로 돌아오자마자 교토에서 잃어버린 친구의 삼각대를 사기 위해 급하게 대형마트로 뛰어갔어. 에스컬레이터를 걸어 올라가다 옆 사람과 부딪쳤는데, "스미마셍!"이라고 소리친 거야. 일본에서는 어깨만 살짝 스쳐도 사과를 하다 보니까 나도 모르게 습관이 돼버린 거지. 다시 꾸벅 인사하고 전자제품 코너로 올라가는데 웃음이 터진 거 있지? 거기에 있으면 얼마나 있었다고, 일본어도 못하는 주제에 순간적으로 외친 말이 "스미마셍"이라니. 나도 제법 그들의 친절에 스며들어 있었나봐. 공항에 내린 지 한 시간도 안됐는데, 나는 문득 일본이 그리워졌어.

교토

우물 안 개구리

첫 여행을 무사히 마치고 돌아오는 인천 행 비행기 안에서 든 생각은 하나였다

'난 우물 안 개구리였구나.'

넓디넓은 세상에 비하면 우리의 인생은 한없이 짧다.

우리는 부지런히 걷고,

경험하고,

또 행복해야 한다.

초등학교 6학년 때 전교 1등을 한 적이 있다. 자랑스럽게 부모님께 성적표를 내밀었는데, "그래, 잘했네." 무뚝뚝한 대답만 돌아왔다. 친구는 국어 백점 맞았다고 닌텐도 받았다는데…. 서운함에 눈물이 나왔다. 내가 원한 건 게임기도, 맛있는 음식도 아닌 진심어린 칭찬이라는 걸 부모님은 왜 몰라줬을까. 날 인정해 주지 않는 부모님이 미웠다. 중학교 2학년 수학시험에서 최악의 점수를 받았을 때도 부모님은 시종일관 같은 반응이었다. 차라리 다른 애들처럼 혼이라도 났으면. 학원에, 과외에 닦달이라도 받아봤으면. 부모님의 반응이 무관심에서 나온 것 같아 늘 괴로웠다. 그러던 부모님이 여행을 마친 내게 "장하다. 역시 넌 정말 멋진 딸이야." 하셨다. 내가 찍은 내 사진을 말없이 메신저 프로필 사진으로 해두셨다. 나의 부모님은 그랬다. 성적표 속 숫자로 날 판단하지 않았고, 수많은 갈림길 속 길잡이가 되어주지 않았다. 한때는 그게 너무 속상하고, 흉터가 된 상처도 많지만 지금 돌이켜 보면 그게 내 부모님의 양육 방식이었으리라. 그래, 사랑의 방생이라고 해두자. 그래서 난 나만의 길을 찾을 수 있었고, 혼자서도 묵묵히 걸어갈 수 있었으니까.

"딸아, 넌 너의 인생을 참 멋지게 살아가고 있어."

언젠가 행복하게 웃는 내 사진을 들여다보며 엄마가 말했다. 백점짜리 성적표를 들고 갔을 때보다 훨씬 더 기뻐보였다. 엄마 아빠는 내게 무관심하지 않았다. 전교 1등이라는 단순한 숫자가 아닌 더 넓은 세상을 행복하게 살아가는 것. 단지 그것을 바라셨던 거라는 걸 난 이제야 안다.

사랑의 방생

제주 카멜리아힐

자잘한 경험

안동

열일곱의 내가 열여덟이 된다고 작년보다 눈에 띄게 의젓해지거나 성숙해지지 않는다. 여행도 마찬가지다. 어디론가 떠난다고 해서 이제껏 경험해보지 못한 새로운 세계가 펼쳐지는 건 아니다. 나는 언제나 나이고, 여행은 나의 수많은 일상 중 한 부분이다. 그럼에도 불구하고 여행을 해야 하는 이유는 그런 자잘한 경험 속에서 내가 성장하기 때문. 중요한 건 나이의 숫자가 아니다. 정말 중요한 건 그 숫자 속에 들어있는 경험이다.

사서 고생

토요일 10시 전 기상은 주말에 대한 예의가 아닌데, 새벽 5시에 비몽사몽 일어나 힘겹게 잠을 씻어냈다. 작은 백팩에 대충 옷가지와 세면도구, 그리고 심심함을 달래줄 책 한 권을 챙겨 버스터미널로 나섰다. 치열한 평일 끝에 찾아온 황금 같은 주말에 난 왜 이 고생을 사서 하는가. 조금 한심스럽기도 했지만 이미 통영 행 시외버스를 예매했기에 돈이 아까워서라도 가야만 했다. 5시간의 길고 긴 여정이 기다리고 있는 버스에 몸을 싣자마자 곧바로 잠에 떨어졌다.

창가에 들어오는 햇살에 눈이 부셔서 잠에서 깼다. 몸이 찌뿌둥했다. 작게 기지개를 펴고 시계를 보니, 30분이 흘러 있었다. 고작 30분. 이제 4시간 30분이 남았다.

통영 이순신공원

바닷가 마을

통영

코를 찌르는 비릿한 향, 해풍에 말려지는 오징어들, 소금을 담은 반짝이는 햇살, 가슴까지 오는 장화를 입고 말린 건어물을 파는 상인들. 영락없는 바닷가 마을이었다.

식당 아주머니

혼자 다니다 보면 음식 앞에서 거는 조건이 적어진다. 가장 조용하고 투박해 보이는 가게로 들어가 조심스레 묻는다.

"여기 1인상도 차려주나요?"

어서 들어오라며 반갑게 맞이하는 곳도 있는가 하면 영 마땅치 않다는 표정을 짓는 곳도 더러 있다. 아예 자리가 없다는 등 갖은 핑계를 대며 문전박대를 할 때도 있다.

종일 굶고 있어서 뭐라도 먹자고 들어간 곳이, 하필이면 블로그에서 유명한 맛집이라 사람이 많았다. 대충 보니 나처럼 혼자 온 사람은 없어 보였다. 갖가지 신발이 널려진 신발장에 홀로 뻘쭘하게 서있는데, 식당 아주머니가 방긋 웃으며 들어오라고 손짓한다. 얼떨결에 신발을 벗고 들어가 먹어본 적도 없는 물회를 시켰다. 테이블 당 하나씩은 꼭 있는

통영

게 아마 이 집의 주력메뉴인 것 같았다. 빨간 국물에 큰 돌얼음이 띄워져 있고 그 위에 포를 뜬 회가 올려져있는, 내게는 생소한 물회와 공기밥이 함께 나왔다. 이걸 대체 어떻게 먹어야 하는 건가. 난감해 하고 있으니 아까 그 아주머니가 다가와 먹는 방법을 설명해주었다. 회를 야채와 국물과 함께 먹거나 함께 나온 밥과 말아먹으라는 것. 도저히 저 빨간 국물에 밥을 말지는 못하겠어서 먼저 알려준 방법으로 물회를 먹기 시작했다. 새콤하면서도 뭔가 오묘한 맛이었다. 맛있다고는 못하겠는데, 그렇다고 또 맛없다 하기엔 애매한 그런 맛. 하지만 "맛이 어때요?"라는 아주머니의 질문에 "정말 맛있어요!"라고 대답하며 꾸역꾸역 입맛에 맞지도 않는 물회를 먹었다. 음식은 실패였지만 마음 따뜻한 아주머니를 만났으니, 그것만으로도 꽤 만족스런 식사였다.

안개

통영에서의 하루를 마무리하고 아침 일찍 거제로 향하는 버스에 몸을 실었다. 하늘이 희뿌연 게 날씨가 무척 흐렸지만 비 소식은 없었으니 별 걱정 없이 미리 예매해둔 선착장으로 가고 있는 찰나, 띵동~ 문자가 왔다. 안개가 심해 배 운항이 취소됐다는 소식이었다. 이걸 왜 하필, 거제로 가고 있는 시내버스 안에서 알게 되는 거냐고오! 사실 통영까지 온 목적이 옆 동네 거제의 외도라는 섬을 가기 위해서였는데. 계획이 틀어져 짜증이 났지만 뭐, 별 수 있나. 아쉬운 대로 거제를 여행해야지. 그렇게 혼자 마음을 토닥이고 있는데 또 다시 문자가 왔다. 곧 안개가 풀릴 것 같으니 예정대로 선착장에 오라는 거였다. 야호! 오늘의 나는 무척이나 운이 좋구나! 그렇게 신이 나서 선착장에 도착했더니, 웬걸. 사람이 어마어마하게 몰려 있었고, 직원으로 보이는 남자가 쩔쩔매며 상황설명을 하고 있었다. 안개가 빨리 걷힐 것 같았는데 생각보다 속도가 더뎌서

서울 용마랜드

언제 배가 뜰지 모르겠다고. 그러면서도 또 애매하게 오늘 안에 배는 뜬다고 말하는 거다. 애초에 외도만 갈 생각이었던 터라 거제엔 뭐가 있는지도 몰라서 우선 남자직원의 말을 믿어보기로 했다. 선착장 구석에 가까스로 자리를 잡아 앉았다. “승선하세요.” 하는 소리를 못 들을까봐 노래도 듣지 않고 가져온 책을 읽으며 하염없이 시간을 달랬다. 오전 9시쯤 이곳에 왔는데, 시간은 이미 낮 12시를 넘어가고 있었다. 세 시간을 말동무도 없이 부동자세로 흘려보내는 게 여간 힘든 일이 아니었다. 30분. 딱 30분만 더 기다려보자. 마음속으로 얼마나 간절하게 빌었는지 모른다. 제발 안개가 걷혀 달라고. 배를 타고 외도를 밟을 수 있게 해달라고. 하지만 원망스럽게도 안개는 그대로였고, 할 수 없이 자리에서 일어나야만 했다. 떠나기 전, 너무 아쉬운 마음에 직원에게 한 번 더 물어봤다. 배가 언제쯤 뜰 거 같냐고. 직원은 또 애매한 말투로 자신도 정확히는 모르나 오늘 안에는 뜰 거라고 말했다. 할 수 없이 표를 환불받고 선착장을 빠져 나왔다. 세 시간이나 기다렸는데 결국 못 가다니. 억울해 미칠 노릇이었다. 그럼에도 난 계속 가야만 했다. 이대로 짜증만 내다간 이번 여행을 몽땅 망쳐버릴 것 같았기 때문이다.

스마트폰에서 ‘거제 가볼 만한 곳’을 검색해 가까운 몽돌해안을 가기로 마음먹고 또 30분을 기다려 버스를 잡아탔다. 언뜻 언뜻 보이는 파란 바다에 마음이 조금씩 풀리고 있는데, 모르는 번호로 전화가 왔다. 혹시나 하고 받았더니 역시나. 안개가 모두 걷혔으니 배를 타러 항구로 오라는 거였다. 아, 신이 있다면 묻고 싶었다. 혹시 내가 크게 잘못한 것이 있냐고. 그래도 아직 시간이 꽤 있었고, 선착장과 멀지 않은 몽돌해안을 가기로 한 걸 그 와중에 다행이라고 생각했다. 짧게 바닷가를 구경하고 바로 다음에 오는 버스를 잡아타 외도가 기다리는 선착장으로 갔다.
좀 전의 안개는 싹 다 날아갔는지 날이 개어서 햇빛이 쨍쨍했다. 환불받은 표를 다시 끊기 위해 매표소로 들어갔다. 아, 그런데 이게 웬 말인가. 이번엔 표가 모두 매진이 되었단다. 울고 싶었다. 날 농락한 외도의 선착장도, 변덕스런 오늘의 날씨도. 모두가 미웠다. 이젠 다 됐다고, 난 이제 너무 지쳐서 빨리 집에 가고 싶다고, 거제를 떠나 터미널에 도착했을 땐 직행으로 가는 막차는 몇 분 차이로 끊겼고, 또 한 시간을 기다려 집에서 꽤 떨어진 다른 터미널 행 버스를 탈 수 있었다. 이렇게 된 거 찜질방에서 하루 자고 첫차로 올라가고 싶었지만, 당장 내일 학교를 가야만 했기에 장장 다섯 시간, 아니 여섯 시간이 걸리는 버스에 만신창이가 된 몸을 우겨 넣을 수밖에 없었다.

집으로 가는 길

돌부리

통영여행(다시 한 번 말하지만 목적은 거제의 외도 보타니아였다.)을 생각하면 지금도 뒤통수를 맞은 듯 얼얼한 기분이 든다. 날씨는 보란 듯이 흐렸고, 타이밍은 야속하게 날 비껴갔다. 그것들에 일일이 화를 내고, 괴로워하고, 심지어 나 자신을 탓하는 모습이, 돌이켜 봤을 때 얼마나 못나 보이던지. 하지만 나는 결국 여행을 했고 집에 무사히 잘 돌아왔는데, 왜 헛된 감정낭비로 나의 여행을 망쳐버렸는가. 계획대로 흘러가지 않더라도, 일기예보의 날씨가 아니더라도, 예기치 못한 상황이 닥치더라도, 그게 내 여행이라는 걸 그때의 나는 왜 받아들이기 어려웠을까. 아마도 욕심 때문이겠지. '좋은 여행을 하고 와야만 해.' 하는 그런 욕심. 하지만 내 마음대로 술술 풀려가는 여행은 결코 '좋은 여행'이 아니다. 예기치 못한 상황이 닥쳤을 때, 그것이 나만의 에피소드가 되고 추억으로 남는다. 내가 세운 계획에 얽매여서 괴로워하지 말자. 예상 못한 돌부리에 걸려 넘어져도, 혼자 훌훌 털고 일어나면 된다. 그게 내 여행이다.

제주도

열여덟 살의 가을여행은 뚜렷한 목적지는 없었으나 어렴풋이 태국을 가겠노라고 마음먹었다. 예전부터 동남아 여행에 대한 로망을 홀로 품고 있었는데, 그 많은 나라 중에서 굳이 태국을 선택한 특별한 이유는 없다. 사실 태국이라는 나라 자체를 잘 모른다. 알고 있는 거라곤 카오산 로드나 뚝뚝이, 팟타이 정도. 배경지식이 하도 부족해서 갈까 말까 고민을 하다, 가는 쪽으로 마음을 굳힌 찰나에 말도 안 되게 방콕에서 테러사건이 터졌다. 그 이후로 몇 번을 고뇌한 끝에서야 나는 태국을 잠시 접어두기로 결정했다. 그러다 우연히 노란 꽃이 가득한 부모님의 신혼여행 사진을 보았다. 비록 가을에는 유채꽃이 피지 않지만 그 사진에 반해 제주행 티켓을 덜컥 끊어버렸다.

"엄마, 나 일주일 동안 제주에 가."

이미 티케팅을 해놓고 뒤늦게 아차, 하고 통보하는 내게 엄마는 말했다.

"미~친 놈."

제주

인증샷

자고로 '인증샷'이란 내 모습이 나와야 한다는 게 나의 굳어진 철학. 내가 없는 사진은 그저 인터넷에 떠도는 풍경사진과 다를 바 없었다. 그래서 난 나를 담기로 했다. 누구도 찍을 수 없는 오직 나만의 특별한 사진. 여행 하루 전, 동네 하이마트로 뛰어가 증정용으로 주는 싸구려 삼각대를 사들였다.

통영여행 이후 배운 게 있다면, 여행은 몸도 마음도 가벼이 가자. 계획에 얽매이지 말자였다. 그래서 제주여행은 무계획으로 떠났다. 숙소는 그때그때 잡지 못할 것 같아서, 제주를 시계방향으로 한 바퀴 돈다고 치고 구역을 정해 적당한 곳에 예약을 해뒀다. 잠들기 전 밤에 다음날 묵을 숙소 근처에 가볼 만한 곳을 검색해보고, 아침 일찍 예약한 숙소를 찾아가 사장님께 여행지 추천을 받았다. 아무래도 현지에 직접 사시는 분들이라 잘 알려지지 않은 곳까지 얻어갈 때가 많았다. 사전조사는 철저히 해갔지만 하루의 계획은 즉흥적으로 세워갔다. 이번만큼은 내 감정에 충실한 여행을 해보는 거야. 살면서 맘만 먹으면 올 수 있는 게 제주 아니겠어? 일생에 한 번뿐인 여행도 아니니, 너무 조급해 하지 말자. 그렇게 다짐하고 나니 여행에 임하는 마음이 한결 편해졌다. 길거리든 남의 집 담벼락이든, 내 마음에 들면 마냥 좋았다. 이곳은 별로다 싶으면 바로 발걸음을 옮겼고, 생각보다 너무 좋은 곳을 갈 때면 시간 가는 줄 모르고 있다가 어둑해질 즈음 숙소로 돌아가곤 했다. 시간과 계획의 틀을 버리니 여행은 좀 더 나다워졌다. 이번 여행의 계획은 딱 하나였다. 그 누구도 아닌 내가 좋아하는 곳을 찾는 것.

무계획

제주 해변도로

제주 이호테우해변

야자수

내 생애 두 번째 비행을 무사히 마치고 제주공항에 내렸다. 제주에는 비수기가 없다더니, 과연 출발했던 김포공항보다 훨씬 더 복잡했다. 인파를 뚫고 밖으로 나오니 야자수로 보이는 나무들이 먼저 눈에 들어왔다. 왠지 더운 나라에 온 것 같은 기분이었다. 이런 휴양지 나무 같으니라고! 촌스럽게 나무 하나에 벌써부터 두근거렸다.

제주의 색

제주를 색으로 표현한다면

깨끗한 푸른색과 따뜻한 녹색쯤이 좋겠다.

제주 이호테우해변

별빛 투어

시내로 들어가는 버스를 탔다. 사람들에게 둘러싸여 한 시간 정도 달리니 어느새 해는 뉘엿뉘엿 지고 있었고, 숙소가 있는 구좌읍에 내렸을 땐 이미 주변이 어두컴컴했다. 하필 정류장을 잘못 내리는 바람에 웬 논밭에 홀로 떨궈졌다. 휴대폰 불빛에 의존하며 가로등도 없는 깜깜한 길을 20분 정도 걸었을까. 드디어 게스트하우스에 도착할 수 있었다. 방 키를 받아들고 문을 열자마자 그대로 침대에 벌러덩 드러누웠다. 역시 여행은 첫날이 가장 힘들다. 하루 종일 어깨에 메고 다닌 내 덩치만한 배낭 덕분에 결린 어깨를 주물렀다. 옷도 안 벗고 쉬고 있는데, 내 옆 침대를 쓰는 까만 피부의 마른 언니가 별빛투어에 가자고 날 일으켰다. 도착하기 전만 해도 꼭 야경을 보겠다고 내 손으로 직접 투어신청을 했건만, 지금은 야경이고 나발이고 다 때려치우고 쉬고 싶었다. 아, 이걸 왜 신청했지? 잠깐 후회도 했다. 하지만 뭐, 별 수 있는가. 울며 겨자 먹기로 가야지.

무거운 몸을 봉고차에 싣고는 또다시 어두컴컴한 길을 달렸다. 날마다 가는 오름이 다른데, 오늘은 용눈이오름에 간다고 했다. 유명한 오름을 오른다는 것보다는, 그나마 난이도가 적은 완만한 오름이라는 게 더 기뻤다. 함께 투어를 신청한 숙소 사람들과 이야기를 나누다 보니 어느새

제주 카멜리아힐

목적지에 다다랐다. 숨을 고르며 뻐근해진 허리를 쭉 펴다 마주한 밤하늘에는 반짝거리는 별들이 수놓여 있었다. 순간 와~ 하고 감탄이 나왔다. 한참을 그 자세로 멈춰 서서 눈에 제주의 밤을 한가득 담았다. 못 보고 갔다면 아마 땅을 치고 후회했을 거다. 고작 휴식과 맞바꾸기엔 너무 아까운 순간. 오길 백 번 천 번 잘했다. 사흘에 한 번꼴로 별똥별을 본다는 사장님의 말에 목이 저릴 만큼 하늘을 뚫어져라 쳐다봤지만, 그런 행운은 끝내 없었다. 그래도 혹시나, 혹시나 하는 마음에 여행 내내 밤이면 몇 분이고 하늘을 올려다봤다. 끝내 별똥별은 보지 못했지만 괜찮다. 그보다 더 멋진 별과 달을 만났고, 그날의 바람과 공기를 느꼈고, 묘한 밤의 냄새를 맡을 수 있었으니까. 이거면 됐다. 충분히 행복한 밤이다.

에이틴 트레블러

제주

에이틴 트래블러. 열여덟 살에 여행을 다니면서 소개 문구로 박힌 말이다. 문법적으론 엉망진창이지만, 그래도 뜻은 다 통하지 않는가? 열여덟 여행자. 열여덟 살의 내게 딱 어울리는 문구다.

날씨의 조건

적당히 선선하고, 또 적당히 따뜻한. 햇살은 하얀색과 주황색이 살짝 섞여있는. 솜사탕 같은 구름이 떠있고 높고 푸른 하늘이. 그리고 그 속에 있는 나. 가장 예쁜 날씨의 조건.

제주 세화

제주가 좋았던 이유 중 하나는 높은 건물이 없어 굳이 고개를 들지 않아도 청경한 하늘과 닿을 수 있다는 점. 도시에는 이 작은 행복을 막는 장애물이 너무나도 많다. 밤하늘이 얼마나 아름다운지, 당신은 올려다 본 적이 있나요?

하늘

돌담

제주에 오면 돌들을 정말 많이 볼 수 있는데, 그 돌들로 만든 돌담이 참 인상적
었어. 크기도 모양도 제각각인 돌들이 규칙 없이 쌓여 있는데, 이런 담장은 정
이지 처음 본 거야. 내가 사는 동네에선 네모 반듯한 벽돌로 쌓인 담장만 볼 수
거든. 그래서인지 제주의 돌담은 내가 툭 쳐도 와르르 무너질 것만 같았어. 근
알고 보니 이게 다 의도된 불규칙이라는 거야. 바람이 많이 부는 제주의 날씨

제주 세화리

려해 틈 사이로 바람이 통하게 쌓는 거래. 이 빈틈 덕분에 담은 무너지지 않을
있다는 거지. 정말 신기하지 않아? 우리는 어떻게든 빈틈을 메우려고 애쓰는
, 빈틈을 일부러 만든다는 게. 그러니 너의 빈틈에 자꾸 무언가를 쏟으려 하지
. 감추려 해도 표가 나기 마련이고, 언젠가는 센 바람을 맞아 쓰러질 거야. 내가
담하건대, 세상에 빈틈 없는 사람은 없어. 마치 제주의 돌담처럼.

제주 산굼부리

억새풀

산굼부리에서 떨어진 억새를 주워 사진을 찍다가 마땅히 둘 곳이 없어 가방에 넣었던 것이 그대로 비행기를 건너 집까지 왔다. 억새 씨앗이 가방 안에 덕지덕지 붙어서 떼느라 무척이나 고생했고 아무 생각 없이 그 억새풀을 휴지통에 버렸다. 시간이 지나고 나니 그걸 버린 게 참 아쉽더라. 그 순간의 억새는 딱 그거 하나뿐인데, 말려둘 걸. 코팅이라도 해서 꼭 간직해둘 걸. 그래서 가끔 열여덟의 내가 생각날 때, 꺼내어 볼 걸.

제주 산굼부리

수학여행

10월의 가을, 수학여행 시즌답게 대부분이 내 또래 학생들이었다. 생각해보니 지금껏 나는 한번도 학교에서 수학여행이나 체험학습으로 제주도를 가본 적이 없다. 기껏해야 경주나 속초 정도. 나와 나이대가 비슷한 친구들이 똑같이 멋을 부리고 똑같이 사진을 찍는데, 어쩐지 기분이 이상했다. 핑크색으로 옷을 맞춘 여학생들의 단체사진을 대신 찍어줬을 때는 조금 외롭기까지 했다. 혼자 하는 여행이 좋아서 혼자 다니는 거지만, 이번만큼은 친구들과 함께이고 싶었다. 나도 저들처럼 누군가와 같이 희희낙락하고 싶었던 거지.

공부를 할 때 간식을 먹는 오랜 습관이 있다. 방학 중에 가는 여행이라 거의 숙제를 가져가는데, 그날은 수행평가가 걸린 중요한 국어숙제와 씨름을 하고 있었다. 어김없이 책상에는 노트와 함께 초코비스킷 한 통과 좋아하는 자몽주스를 놓고 말이다. 그걸 본 숙소 사장님이 더 맛있게 먹게 해주겠다며 대뜸 내 비스킷을 가져가더니 요거트와 러스크, 그 위에 초코비스킷을 얹고 파슬리 가루를 뿌려 내게 내밀었다. 정말 맛있게 한 그릇을 비워냈다.

가끔씩 그분의 '초코비스킷 맛있게 먹기' 레시피를 따라해 본다. 맛은 얼추 비슷한데, 그날만큼 촉촉한 밤이 되지는 않더라. 그래서 더 그립다. 그날의 비스킷이, 그분의 따뜻함이.

비스킷

제주 써니허니 게스트하우스

그랬으면 좋겠어

여행 중에 길을 잘못 들더라도 네가 짜증을 내지 않았으면 좋겠어. 그곳엔 아무도 모르는 메밀 꽃밭이 기다리고 있을 테니까. 하루에 몇 대 없는 버스를 놓쳐 두 시간을 길거리에서 보내야 하더라도 네가 화를 내지 않았으면 좋겠어. 마음을 달래줄 기가 막힌 석양이 기다리고 있을 테니까. 기껏 찾아간 가게가 휴일이라 문을 닫더라도 네가 실망하지 않았으면 좋겠어. 너만의 맛집이 될 옆 가게가 널 기다리고 있을 테니까.

제주 교래리

마침내 날다

제주 다랑쉬오름

모든 것이 딱딱 맞아 떨어지는 날이었다. 바람에 따라 활공장이 바뀌는데 그날은 동풍이 불었고, 내 숙소에서 아주 가까운 다랑쉬오름에서 하는 패러글라이딩을 운 좋게 예약할 수 있었다. 제주에서 가장 높은 활공장이라 기대가 되었지만, 그만큼 악명도 높아 이곳에서 패러글라이딩을 하는 업체는 딱 한 곳뿐이었다. 하지만 난 이미 오름을 두 번이나 오르지 않았던가. 함께 투어를 했던 사람들에게 역시 젊은 피는 다르다며 부러움을 한껏 받기도 했던지라 근거 없는 자신감까지 생겼다. 하지만 나의 이 자신만만함은 산을 오른 지 5분도 채 안돼서 가쁜 숨과 함께 내뱉어졌다. 입구까지 차로 데려다주신 숙소 사장님이 얼음물 두 병을 쥐어주신 의도를 이제야 알 수 있었다. 맨몸으로 왔다면 패러글라이딩이고 뭐고 당장 포기했을 거다.

한 시간을 올랐는데도 정상 따위는 보이지 않았고, 이따금씩 보이는 안내

판 속 '현재지점'과 '정상' 사이의 거리는 까마득했다. 나는 등산을 좋아했던 적이 없다. 가장 좋아하는 산은 케이블카가 있는 설악산. 가끔씩 엄마와 동네 뒷산을 올랐는데, 그때도 한참을 버팅기다가 질질 끌려 나오기 일쑤였다. 그런 내가, 내 몸 하나 버티기 힘든 이런 경사 험한 산길을 오르고 있다니. 포기하고 싶은 마음이 굴뚝같았다. 다리가 후들거리고 이마에선 땀이 줄줄 흘러내렸다. 도저히 안 되겠다 싶어 가던 걸음을 멈추고 산길에 털썩 주저앉아 숨을 돌리고 있는데, 업체 사람들이 무지하게 크고 무거운 장비를 등에 지고 이 높고 험한 산길을 올라오고 있었다. 그 순간 헉~ 했다. 들고 있는 거라곤 얼음물 두 병이 전부면서, 뭐가 그리 힘들다고 유난을 떨었는가. 벌떡 일어나 정상까지 쉬지 않고 걸었다.

활공장에 다다르자 시원한 바람이 이마의 땀을 식혀 주었다. 어느새 거의 다 녹아버린 얼음물로 목을 축이며 정상의 전망을 감상했다. '오름의 여왕'이라 불릴 만한 경치였다. 그럼에도 머리 한 구석에선 '여길 또 어떻게 내려가지?' 하는 생각이 들었다. 강사의 설명과 주의사항을 듣고 곧바로 장비를 착용했다. 활공장이라 해서 특별한 건 없었다. (진짜 없어서 처음엔 그냥 지나쳤었다.) 오름의 가장 높은 곳 비탈에 내려가서 비행을 준비하면 된다. 내려가는 와중에 한 번 크게 자빠지는 바람에 괜히 긴장이 되었다. 비행 경력이 내 나이보다 많은 20년 베테랑 강사와 함께 타기에 딱히 걱정할 건 없는데, 패러글라이더가 바람을 맞아 뜨게 하려면 낭떠러지를 앞에 두고 내 발로 힘차게 뛰어야 했기에 두려웠다. 하지만 이제 와서 그만둘 수는 없지 않은가? 이거 한 번 하겠다고 얼마나 고생

해서 올라왔는데. 그게 아까워서라도 난 저 낭떠러지를 향해 달려야 했다. 에라 모르겠다. 그냥 뛰는 거야! 눈 꼭 감고 발을 굴리자 몇 초도 안 돼서 내 발은 땅 위가 아닌 허공을 휘젓고 있었다. 잠깐이었지만 두려움에 떨던 내가 바보 같이 느껴질 정도로 정말 별 것도 아닌 일이었다. 이제야 오름의 아름다움이 제대로 보이기 시작했다. 등산의 힘겨움과 하산의 걱정 또한 머릿속에서 싹 사라졌다.

나는 온전히 현재에 집중한다. 지금 내 뺨을 스쳐가는 바람이나, 닿을 듯 말 듯한 퍼런 하늘을 두 눈에 선명히 담는다. 낯선 것에 도전할 때는 언제나 두렵다. 그 두려움에 져 도전을 포기한다면 나는 또 다시 나의 울타리를 높게 쌓기만 하는 꼴이 된다. 그러다 점점 그 울타리는 내가 뛰어 넘을 수 없을 정도로 높아져 버린다. 나의 세상은 딱 울타리 안, 그 크기만큼이 된다. 그래서 나는 무언가를 도전하기 전에 나의 울타리를 뛰어 넘을 용기를 먼저 갖고자 한다. 낭떠러지를 앞에 두고 하늘을 향해 힘껏 뛰어갈 만큼의 용기를.

우도 서빈백

우도

이렇게 아름다운 바다를 본 건 정말이지 머리털 나고 처음이었다. 난생 처음 마주하는 색깔, 파란빛과 뒤섞여 반짝거리는 우도의 바다는 입이 떡 벌어질 만큼 아름다웠다. 난 바다에서 아주 가까운 곳에 살고 있지만 이런 물 색은 본 적이 없다. 서해와는 비교할 수 없는 색깔이었다. 해가 저물 때까지 한참을 벤치에 앉아 바다를 보았다. 가장 아름다운 바다로 손꼽힌다는 팔라우에 간다면 아마 기절할지도 모르겠다.

이끼에 미끄러져 그만 자빠질 뻔했다.

태연해 보이지만, 사실 심장이 엄청 벌렁거리고 있는 중.

우도 서빈백사

막배

우도

오후 5시 30분, 막배가 항구를 떠났다.

관광객들로 붐볐던 우도가 한순간 고요해졌다.

오후 6시, 진짜 우도가 보이기 시작했다.

스쿠터 할아버지

우도 서빈백사

털털털털…. 무척 낡아 보이는 스쿠터 소리가 뒤에서 들려왔다.

"학생, 우도 참 예쁘지?"

노란 헬멧을 쓴 할아버지가 스쿠터 속도를 내 발걸음에 맞춰 줄이며 물으셨다.

"정말 예뻐요. 내일 떠나는 게 아쉬울 정도로요."

"아쉬울 만하지. 난 여기서 평생을 살았는데, 아직도 우도는 예뻐!"

할아버지의 미소에는 자부심이 묻어 있었다. 나도 따라 웃었다.

"우도는 늘 그대로야. 시간 나면 또 오라구."

그 말을 남기고 할아버지는 노을이 있는 쪽으로 사라졌다.

털털털… 털털…. 낡은 스쿠터 소리가 오랫동안 귀를 맴돌았다.

고양이가 좋다. 도도하게 굴다가 가끔씩 부리는 애교도 좋고, 우주마냥 영롱한 눈동자도 좋고, 폭신한 발바닥과 부드러운 털도 좋고, 수줍게 앞발을 모았을 때의 동그란 발도 좋고, 낯선 나를 바라보는 호기심 가득한 눈도, 그래서 뻗은 손길에 깜짝 놀라 달아나는 것도 좋다.

제주 애월

평강이 온달이

우도에서 만난 인연이 참 많다. 날 좋아해줬던 고양이 온달과 평강이. 오랜 세월 몸 담근 출판사를 그만두고 여행을 하고 있다는 30대 남자분과 예술인의 상징인 긴 수염이 인상적이었던 40대 사진작가. 이들과 우도에서의 밤을 함께 보냈다. 한라봉으로 만든 막걸리 두 잔과 사이다 한 캔을 앞에 두고 우리는 많은 대화를 나눴다. 여행을 하면서 별별 사람을 다 봤지만 열여덟 살짜리 여학생은 처음 본다는 말에, 나도 3,40대 아저씨는 처음 만난다고 받아쳤다. 두 사람은 호탕하게 웃으며 나이가 무슨 상관이냐 말했고, 나도 맞는 말이라고 고개를 끄덕였다. 몇 시간이 지났는지 모르겠다. 해가 스멀스멀 질 때부터 가게가 모두 문을 닫은 깊은 밤까지 말을 나눴으니 꽤 오랜 시간을 함께 보낸 것 같다. 물론 서로의 정확한 나이나 이름, 사는 곳 따위는 모른다. 우린 지금 이곳에 여행을 왔고, 여행을 하며 얻은 점들이 비슷했다는 것과 앞으로도 이런 여행을 할 거라는 대화를 나눴을 뿐. 특별한 주제도, 아쉬운 감정도 없었다.

우리는 각자의 방으로 돌아가면서 "내일 밥이나 같이 먹어요." 하고 약

우도 바보온달과 평강공주 게스트하우스

속했다. 다음날, 아홉 시를 훌쩍 넘기고 일어나 아침으로 함께 보말칼국수를 먹었다. 두 사람은 새벽에 일출을 보러 우도봉을 다녀왔다고 했다. 내가 대중교통이 없어 서빈백사밖에 못 가봤다고 하자 사진작가님은 우리를 그의 렌트카에 태웠다. 하수고동과 검멀레해변, 우도의 비양도를 구경시켜 주었고, 함께 제트보트도 탔다. 그는 우도를 더 둘러볼 거라며 남자분과 나를 항구에 내려줬다.

"남은 여행 잘 하세요!"

우리는 그 말을 끝으로 헤어졌다. 서로의 여행을 응원하며.

우도

낯선 여행지에서 믿을만한 이동수단이라곤 버스와 튼튼한 내 두 다리뿐. 여행을 다니면서 지역마다 환승방법, 호환 교통카드가 다 제각각이라는 게 참 신기했다. 더불어 교통 좋은 우리 동네에 감사함을 느끼기도 했다. 하루에 세 대밖에 운행 안하는 버스를 눈앞에서 놓치는 바람에 길바닥에 꼬박 세 시간을 묶여 있던 적도 있고, 두 세 정류장쯤은 걷는 게 당연하다 보니 발에 물집이 잡혀 여행 내내 고생한 적도 있다. 걷다 걷다 지쳐, 없는 넉살 쥐어 짜내며 히치하이킹도 시도해보고, 그렇게 얻어 탄 차가 접촉사고가 나는 바람에 영문도 모르고 조수석에 뻘쭘히 앉아만 있다 하루 일정이 몽땅 뒤틀리기도 했다. 녹초가 된 몸으로 숙소로 돌아와 띵띵 부은 다리를 풀어 주면서 '스무 살엔 무조건 면허다. 다음 제주는 기필코 렌트카 여행이다.' 하면서도 걷다가 우연히 발견한 나만의 장소, 길에서 만난 사람들, 나중엔 추억으로 남을 나의 웃픈 이야기를 생각하니 역시 여행은 뚜벅이야, 싶었다.

서울 용마랜드

놀이공원

놀이공원의 인기 어트랙션을 타기 위해 두 시간을 군말 없이 기다리는 건 짧은 순간의 즐거움 때문일 거다. 3분. 길어봐야 고작 3분짜리 즐거움이지만, 롤러코스터를 탈 수만 있다면 어떠하리. 나는 그 3분의 행복 때문에 두 시간의 지루함을 견딘다. 여행을 위해 1년간 아르바이트를 했고, 단 한 장의 사진을 위해 수백 번의 셔터를 누른다. 하지만 내가 맺은 열매, 내가 피운 꽃들 앞에서 그것들은 고작 '1년', 고작 '수백 번'의 숫자에 불과하다. 3분짜리 즐거움을 위해 놀이공원을 찾듯이, 며칠의 여행, 몇 장의 사진을 위해 고작 1년의 시간을 들였고, 고작 수백 번의 셔터질을 했을 뿐이다. 그러니 인내심을 가져보자. 새싹이 돋지 않았는데, 어떻게 꽃을 피울 수 있을까?

경상북도

행복

어느 누가 그랬다. 하루하루를 감사하며 살다 보니 진짜 감사할 일이 많아졌다고. 그래서 나도 하루하루를 행복하게 살기로 했다. 진짜 행복한 일이 많아지길 바라면서.

지극히 평범한 가정에서 태어나 지극히 평범한 여자애로 자랐다. 맞벌이로 바쁜 부모님 때문에 어릴 적부터 내 머리는 늘 풀려 있거나 엉성히 묶여 있었다. 남들보다 좀 더 일찍 라면을 끓일 수 있었고, 혼자 집에서 잠이 드는 게 익숙했다. 남들과 비슷한 사춘기를 겪었고, 방황을 하다가도 어느새 다시 제자리로 돌아와 있었다. 친구들과의 관계를 어려워하면서도 이젠 어느 것이 얕고 깊은지를 파악할 수 있게 됐으며, 대부분의 또래들처럼 불확실한 미래를 걱정한다. 남들과 다름없이 자랐고, 지금도 다름없이 평범하다. 내 여행도 마찬가지다. 항상 서툴고, 그래서 힘들고, 하지만 또 그러기에 추억이 되는. 내 여행은 너희와 다를 게 없다. 그러니 날 특별하다고 생각하지 말자. 본인의 이야기가 될 수 없다고 생각하지 말자. 너 또한 살면서 수많은 성장통을 이겨낸 사람이니까.

성장통

서울 용마랜드

제주 더럭분교

넌 어떤 사람이니?

"앞으로 문학시간은 사람을 만나는 시간이 될 거야."

고등학교 2학년 첫 문학수업 때 선생님이 해주신 말씀이다. 당시에는 그냥 지나친 말이었는데, 시간이 지나고 보니 이 말이 기억에 남았다. 하나의 작품을 잘 이해하기 위해선 작가를 먼저 알아야 한다. 어떤 시대에 어떤 삶을 살았는지, 가치관은 어땠고, 본인의 정서를 어떻게 작품에 녹여냈는지. 나는 여행을 하면서 이 말을 떠올렸다. 여행 또한 사람을 만나는 시간이라고. 다른 이뿐만 아니라 '나'를 만나는 시간. 바다를 좋아하는 줄 알았던 내가 알고 보니 산을 더 좋아했고, 추위에 약하지만 겨울을 더 사랑하며, 혼자 있는 시간을 즐기면서도 또 가끔은 외로움을 타는 아이. 여행을 하며 만난 나였다. '넌 어떤 사람이니?' 그 답을 찾기 위해 나는 또 여행을 한다.

버스정류장

엉켜버린 관계에 지쳐 쫓기듯이 제주에 내려온 사람을 만났다. 회색 야구모자를 쓴 30대 중후반쯤으로 보이는 남자였는데, 버스가 40분이나 남은 정류장에서 우연히 대화를 나눴던 거다. 남자는 오랫동안 다닌 직장을 관두고 제주로 도망쳐 왔다고 했다. 남들보다 일찍이 일을 시작했고 직장에 온 청춘을 바쳤는데, 남자에게 남은 건 아무것도 없었다. 가볍거나 묵직한, 불편하거나 미운 관계들만 산더미처럼 쌓여 있었고, 그들을 연락처에서 지워내니 그 흔한 술친구 한 명 남지 않았다. 인간관계에 회의감을 느낀 남자는 바로 제주로 내려왔다. 굳이 알릴 사람도, 챙길 짐도 없었다. 여차저차 집을 구하고 일 년간 제주를 떠돌았다. 허한 마음은 바다를 보며 채웠고, 상처 받은 마음은 산을 보며 달랬다. 제주는 그렇게 남자를 위로했다.

"서울이 그립진 않으세요?"

내가 물었다.

"가끔 생각나지. 하지만 당장 돌아가지는 않을 거야. 사실 아직 자신이 없거든."

버스기사

마을버스를 타고 시골길을 굽이굽이 들어가는 중이다. 포장되지 않은 도로 탓에 자갈이 타이어에 밟혀 버스가 쿵 하거나 달달거리며 흔들린다. 창가에 기대어 선잠을 자던 나는 버스가 요동칠 때마다 창에 머리를 쿡쿡 부딪친다. 그러다 한 번 제대로 박아 쾅! 하는 소리가 고요한 버스 안을 울릴 때, 깜짝 놀라 기댔던 얼굴을 퍼뜩 들어 올렸을 때, 승객은 나 하나이고, 버스기사 아저씨 귀에 들어가기에 딱 적당한 거리라는 걸 깨달았을 때, 나는 그만 얼굴이 빨갛게 달아오른다. 부끄러움이 정수리까지 전해진다. 정신을 차리고 시계를 보니 시간은 1시간쯤 지나있고, 버스는 계속해서 달리고 있다. 누군가 지금 어디냐고 물으면 "어… 나무가 보이고… 밭이 보여. 사실 여기가 어딘지 잘 모르겠어."라고 답할 것이다. 혹시나 내릴 곳을 지나친 걸까 싶어 쭈뼛쭈뼛 앞자리로 가 버스기사 아저씨께 묻는다. 여기가 어디쯤이냐고. 정류장을 지나치진 않았느냐고. 묵묵히 버스를 운전하던 기사 아저씨는 백미러로 날 힐끔 보더니 퉁명스레 묻는다.

"대체 거길 뭣 하러 가?"

쌩뚱 맞은 대답에 당황하자 아저씨는 장난인 양 웃으며 10분은 더 가야 한단다. 제자리로 돌아가기엔 뻘쭘해서 앞자리 구석에 앉아 어색하게

경상북도 경주 도리마을

창밖을 내다보고 있는데, 아저씨가 또 내게 묻는다.

"혼자 왔어?"

나는 네, 하고 짧게 대답한다.

"학생 혼자 대단하네."

나는 하하, 하고 어색하게 웃는다.

"지금 가는 곳. 거긴 가을이 예뻐. 이렇게 추울 땐 나무든 뭐든 다 말라 빠져서 볼 게 없거든."

나는 가을에 다시 오겠다고 말한다.

"하지만 조용해서 좋지."

난 사진을 찍으러 왔다고, 목에 건 카메라를 내민다.

"그러고 보니 사진작가들이 많이들 오더라고. 좋은 사진 나오겠구먼!"

아저씨는 내가 내릴 정류장을 지나쳐 마을 깊숙이 들어가 목적지에 더 가깝게 내려준다.

"3시간 후에 아까 거기 정류장으로 오라고. 아저씨가 다시 오니까."

버스는 다시 자갈길을 달달거리며 달린다.

경상북도 경주 도

두 개의 나

어딘가로 장소를 옮길 때 항상 몸을 세 번씩 더듬는다. 목에 카메라가 잘 걸려 있는지. 주머니에 지갑이 잘 들어 있는지. 손에 휴대폰은 들려 있는지. 내가 항상 체크하는, 내 여행에서 없으면 안 되는 세 가지다. 그 중 가장 중요한 것이 바로 카메라다. 장난삼아 '내 친구 메라'라는 호칭을 붙여줄 정도로 나와는 깊게 정이 든 여행친구다. 험한 여행길에 멀쩡한 곳이 없지만 나에겐 무엇보다도 소중하다. 흠집투성이에 붉게 녹슨 카메라일지라도 내게는 가장 예쁘다. 카메라 없는 여행은 상상할 수 없다. 훌륭한 실력은 아니지만 내가 나를 찍는 것이

언젠가부터 여행의 큰 의미를 갖게 되었다. 여행을 마친 후 카메라로 사진을 찬찬히 넘겨보며 지난날을 회상하는 걸 즐긴다. 카메라 속 슬구와 현실 속 슬기는 다른 구석이 있다. '내가 이런 표정도 지을 줄 알아?' 하고 가끔 놀라기도 한다. 친구는 사진 속 자아가 한 명 더 있는 것 같다고 말했다. 그런 '의외의 슬구'는 오직 카메라 앞에서만 드러난다. 10초의 타이머 앞에서 모델이라도 된 양 한껏 포즈와 표정을 짓다가, 찰칵 소리와 함께 다시 수줍은 여고생으로 돌아온다. 나는 그 10초 사이의 슬구가 좋다. 그 10초를 만드는 카메라가 좋다.

부

안부

잠들기 전, 수백 명이 넘는 사람들의 때가 탄 침대에 누워 엄마와 메시지를 주고받는다. 어떤 일을 겪었는지, 어떤 사람을 만났는지 조잘조잘 떠들지는 않는다. 그저 오늘 찍은 사진을 보여주며 '엄마, 오늘은 이런 여행을 했어요.' 할 뿐이다.

기념품

기념품 사는 걸 좋아하지 않는다. 그리 저렴하지도, 그렇다고 예쁘지도 않은, 열쇠고리나 조각품 따위를 대체 왜 돈을 들여 사나 싶었다. 남에게 받아도 썩 기분 좋은 선물은 아니었다. 음식이야 먹어버리면 그만이지만, 불국사가 그려진 손수건이나 오리 모양의 나뭇조각 같은 건 대체 어디에 쓰란 말인가. 누군가에게 받은, 살면서 절대 쓸 일 없는 돌하르방 열쇠고리는 버리지도 못하고 방 한구석에 처박아 두었다. 이렇듯 나는 기념품과는 데면데면한 사이였다.

그런 내가 여행만 다녀오면 꼭 기념품을 들고 온다. 내 것보다는 남들에게 줄 선물을 신중, 또 신중을 가해 고른다. 밥을 굶어서라도 엄마의 화장품을 사고, 동생의 장난감을 산다. 내 여행을 남과 나누는 즐거움을 이제야 안 거다. 그래서 기념품샵을 그냥 지나치지 않는다. '남이 받으면 좋아할 선물'을 고르려 최대한 고민한다. 정성스레 포장한 선물을 들고 나오며 상대방의 반응을 상상한다. 평소에 감사했던, 좋아하는 사람에게 이렇게 나의 무사함을 전한다. 이렇게 나의 마음을 전한다.

이 순간

진정한 행복은 먼 훗날 달성해야 할 목표가 아니라, 지금 이 순간 존재하는 것입니다. 인간의 마음은 행복을 찾아 늘 과거나 미래로 달려가지요. 그렇기 때문에 현재의 자신을 불행하게 여기는 것이지요. 행복은 미래의 목표가 아니라, 오히려 현재의 선택이라고 할 수 있지요. 지금 이 순간 당신이 행복하기로 선택한다면 당신은 얼마든지 행복할 수 있습니다. 그런데 안타까운 것은 대부분의 사람들이 행복을 목표로 삼으면서 지금 이 순간 행복해야 한다는 사실을 잊는다는 겁니다.

– 프랑수아 를로르 『꾸뻬 씨의 행복 여행』

제주 카멜리아힐

여행도 마찬가지다. 여행은 미래의 목표가 아닌 현재의 선택이다. 여행을 사치라고 생각하지 말자. '돈'과 '시간'은 사실 여행에서 중요한 것이 아니다. 가장 중요한 것은 여행을 가고자 하는 '의지'다. 우리는 부족한 의지를 돈과 시간의 탓으로 돌린다. 하지만 가본 사람은 알 거다. 여행에서 진정 필요한 것이 무엇인지. 그리고 돈과 시간보다 훨씬 값진 것이 무엇인지. 그러니 이제 선택하라. 무작정 배낭 하나 들고 떠날 용기를 가질지, 아니면 언제 올지도 모를 미래의 목표로 미뤄둘지. 선택은 언제나 본인의 몫이다. 하지만 이거 하나만큼은 잊지 말자. 우리는 지금 이 순간을 행복해야 한다.

제주 이호테우해변

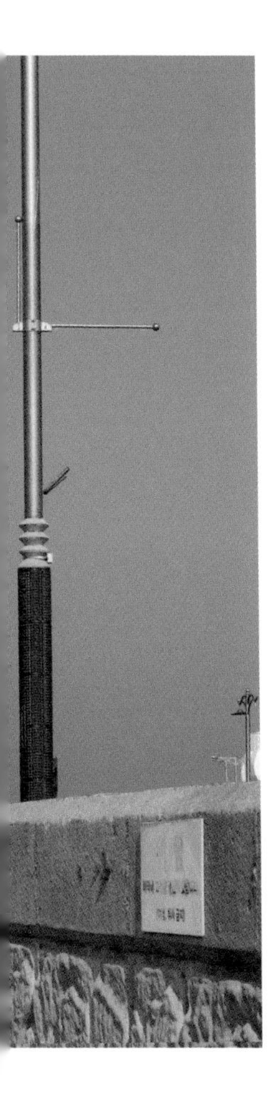

행복 습관

우리가 공부하는 이유는 무엇인가? 단순히 좋은 직장에 들어가 돈을 많이 벌기 위해서? 이것이 답이라면 나는 우리나라의 교육을 원망할 수밖에 없다. 우리의 목표는 무조건적인 공부와 뜻 없는 성공이 되어선 안 된다. 무언가를 배우는 이유가 '남들 다 하니까. 안 하면 뒤처지니까.'가 되지는 않기를 바란다. 그런 배움을 받는 나는 진정 행복한가? 대기업에 들어간다면 나는 진정 행복할 자신이 있는가? 행복도 습관을 들여야 한다. 행복을 외면하고 산다면 나중이 돼서도 좀 더 큰 행복을 좇으며 또 다시 자신을 불행히 만들 거다. 주위에는 내가 알아주길 바라는 아주 작고 소소한 행복들이 기다리고 있다. 그러니 그들을 보자. 나는 행복하기에 마땅한 사람이지 않은가?

가슴 벅찬

왜 하필 지금 여행을 해야 하냐고 물으면, 너는 왜 지금 여행을 하지 않느냐고 되묻고 싶다. 사실 여행은 맘만 먹으면 할 수 있다. 그것이 꼭 지금이 아니더라도, 20대 30대에도 떠날 수 있고, 그때가 되면 조금 더 '성공적인' 여행을 할 수도 있다. 그동안 많은 경험을 할 테고, 더 성숙해질 테니까. 하지만 나는 지금의 미숙한 여행이 좋다. 실수하고, 서툴고, 가슴 벅찬 지금이 좋다. 가끔 생각한다. 나의 이런 감정을 과연 먼 훗날의 여행에서도 느낄 수 있을까? 자신 있게 아닐 거라고 확신한다. 10대에는 10대만이 느끼고 경험해야 하는 것이 있다. 그 감정은 그 시절에만 머물다 가버린다. 인생에 한 번뿐인 나의 열여덟을 추억할 때, 독서실에 처박혀 의미 없이 샤프를 돌리는 나보단 오늘의 나를 떠올리고 싶었다. 그래서 떠났고, 내 선택은 옳았다.

제주 카멜리아힐

노래 한 곡

아무도 없는 길을 걸을 때 휴대폰의 볼륨을 가장 크게 켜고 노래를 튼다. 처음엔 혼자 걷는 게 무서워서였는데, 이제는 하나의 여행습관이 되었다. 노래는 딱 한 곡을 무한반복해서 듣는다. 내가 예전부터 좋아하는 노래일 수도 있고, 우연히 들은 최신곡일 수도 있고, 전날 밤 본 영화의 ost일 수도 있다. 아무 곡이나 틀어 반복재생을 누른다. 고요한 길에는 휴대폰에서 퍼지는 노랫소리와 바닥과 부딪히는 내 발소리만 들린다. 질리도록 듣고 나면 한동안 그 노래를 찾지 않는다. 여행에서 돌아와 몇 주, 혹은 몇 달 후에 그 노래를 다시 들었을 때. 나는 묘한 향수를 듣는다. 여행지에서의 분위기, 행복했던 감정. 그것이 좋아 늘 휴대폰에 노래 한 곡을 담아가는 습관이 생겼다.

꿈

우리는 직접 본 것과 경험한 것만 꿈꾸게 된다. 다양한 꿈을 꾸기엔 학생들의 경험이 너무 적다고 담임선생님이 반 아이들에게 말씀하셨다. 꿈이 없는 친구를 보면 안타깝다. 하지만 나는 조급해하지 말자고 말한다. 나만의 시간을 갖고 천천히 자신을 돌아보자고. 한 번에 답이 나오진 않겠지만 계속해서 자신에게 관심을 가져보자고 말할 뿐이다. 우리는 경험 속에서 꿈을 가진다. 10대를 교실에서 보내면서 교사를 꿈꾸는 친구도 있고, 좋아하는 연예인을 따라 비슷한 꿈을 갖거나 인기 드라마 속 주인공의 직업을 꿈꾸기도 한다. 세상에는 우리가 알지 못하는 정말 많은 직업이 있다. 그리고 세상 모든 사람은 자신만이 할 수 있는 무언가를 가지고 있다. 그걸 찾기 위해 나는 여행한다. 자신을 돌아보고, 관심을 가지고, 경험 속에서, 나의 뛰어난 무언가를 찾기 위해.

제주 산굼부리

맨얼굴

맨얼굴을 본다.
잔뜩 치장한 내가 아닌, 시선과 부담을
모두 씻어낸 깨끗한 나의 맨얼굴을 본다.
적어도 여행 앞에서, 나는 솔직해진다.

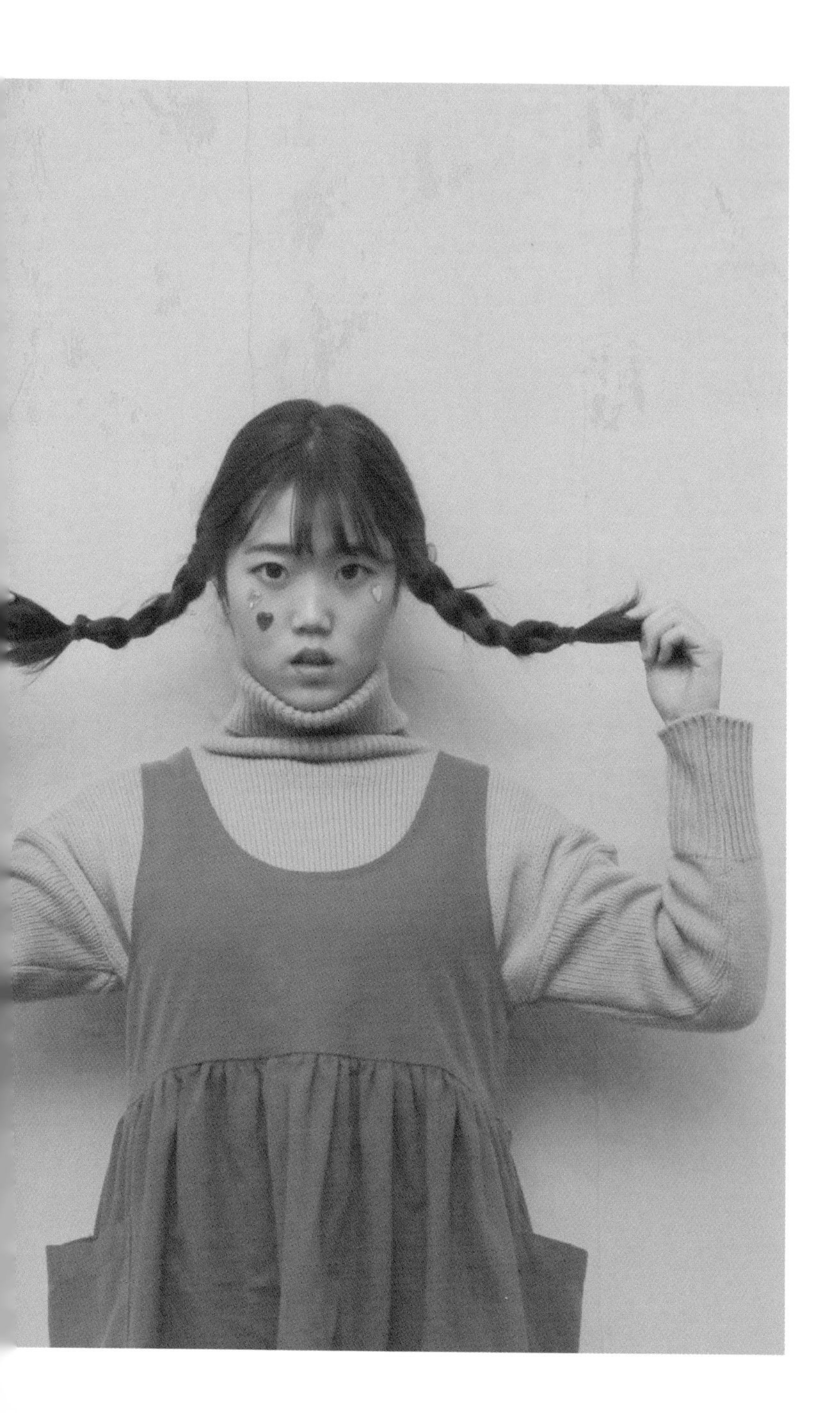

기차 여행

통장은 거의 바닥이 보였다. 하지만 어떻게든 여행을 가고 싶었다. 이제 곧 고3이고 돈도 다 떨어져가니 어쩌면 10대의 마지막 여행이 될 수도 있을 터였다. 기차를 타고 싶어 테마를 기차여행으로 잡았다. 마침 '내일로 동계' 기간이라 내일로 티켓을 끊을까 하다가 한 곳에 오래 머물기를 좋아하는 내 여행 스타일을 고려해 중앙선을 따라 여행하기로 했다. 첫 목적지는 예전부터 꼭 가보고 싶었던 경주. 사실 수학여행이나 가족여행으로 이미 여러 번 가본 곳이지만, 다시 한 번 찾아가보고 싶었다.

집에서 청량리역까지 약 2시간이 걸린다기에 넉넉하게 새벽 5시 30분에 집을 나왔다. 옷을 다섯 겹이나 껴입었는데도 찬바람이 뼛속까지 파고들 만큼 강한 추위였다. 지난주까지만 해도 날이 따뜻했는데, 하필 오늘부터 한파일 건 또 뭔가. 아무튼 날씨 운이 따라주지 않는 건 알아줘

경주로 가는 기차 안

야 한다. 얼마나 추웠냐 하면, 편의점에서 물을 사서 나왔는데 얼마 지나지 않아 얼음이 생길 정도랄까. 여태껏 겪은 한파 중 손가락으로 꼽을 만큼 추웠다. 여행을 미루고 싶을 만큼. 하지만 어쩌겠어. 취소표로 어렵게 구한 기차표를 버릴 순 없잖아. 나는 벌벌 떨며 청량리역으로 향했다. 처음 와보는 기차역을 조금 헤매다가 역무원의 도움을 받았다. 초등학교 3학년 때였나. 학교에서 아람단 캠프로 타봤던 거 이후로 기차는 처음이었다. 혹여나 놓칠까 조마조마하며 남들보다 일찍 기차에 몸을 실었다. 거의 6시간을 꼬박 기차에서 보내야 했으므로 점심으로 때울 바나나와 크래커를 앞 그물망에 넣어두고 졸린 눈을 붙였다.
다시 눈을 떴을 땐 북적했던 기차 안이 고요했다. 사람들이 많이 내렸는지 기차 안은 무척 한산했다. 하지만 아직 3시간 넘게 기차를 타야 했다.

가져온 책을 읽다가 창밖을 바라보기도 하고, 가끔 표를 검사하러 돌아다니는 승무원과 눈을 마주치면 목례를 주고받기도 하며 혼자 시간을 달래다보니 드디어 경주역에 도착할 수 있었다. 뻐근한 몸을 기지개 펴다 훅 치고 들어오는 바람에 몸을 바짝 움츠렸다. 볼이 따가울 만큼 추웠다. 목도리를 챙기지 않은 내가 바보 같았다. 어째 시작부터 순탄치 않은 느낌이 들었다.

첫날이 특히 추웠다. 이날 찍은 사진을 보면 발그레함을 넘어 얼굴이 새빨갰다. 표정은 웃고 있지만 이미 얼굴에서 '나 완전 추움' 하고 티를 팍팍 내고 있었다.

경상북도 경주 산림환경연구원

신라의 달밤

언젠지는 가물가물한, 아무튼 무척 어릴 때 가족들과 경주로 여행을 온 적이 있었다. 그때 왔던 곳 중 하나가 바로 안압지였는데, 내게는 큰 연못 정도로 어렴풋이 기억되는 곳이었다. 경주엔 왔지만 유적지를 갈 마음은 없었는데, 사람들이 안압지 야경은 꼭 가보라고 해서 마침 숙소와도 가깝겠다, 일몰시간에 맞춰 안압지에 갔다. 밥값보다 비싼 뜨거운 바닐라라떼를 손난로 삼아 감싸 안고 안압지를 걸었다. 해는 생각보다 일찍 저물었다. 붉은 조명이 켜지면서 정자를 비췄고, 사람들이 하나 둘 많아졌다. 예전에 왔을 땐 예쁘다는 느낌을 못 받았는데, 이젠 경주에 가면 꼭 안압지에 야경을 보러 가자고 조를 만큼 운치 있는 곳이었다. 신라의 달밤도 이러했을까. 벤치에 앉아 야경을 보는 건, (조금 따뜻하기만 했어도 완벽했겠지만) 감상에 젖기에 딱 좋았고 실제로 많은 생각을 했다. 혼자 여행하면서 갖는 가장 좋은 시간이다. 생각에 잠기는 것. 그리고 그 생각을 정리하는 것. 뜨거웠던 라떼가 차갑게 식을 때까지 한참을 앉아 있었다.

경주 안압지

나를 찍다

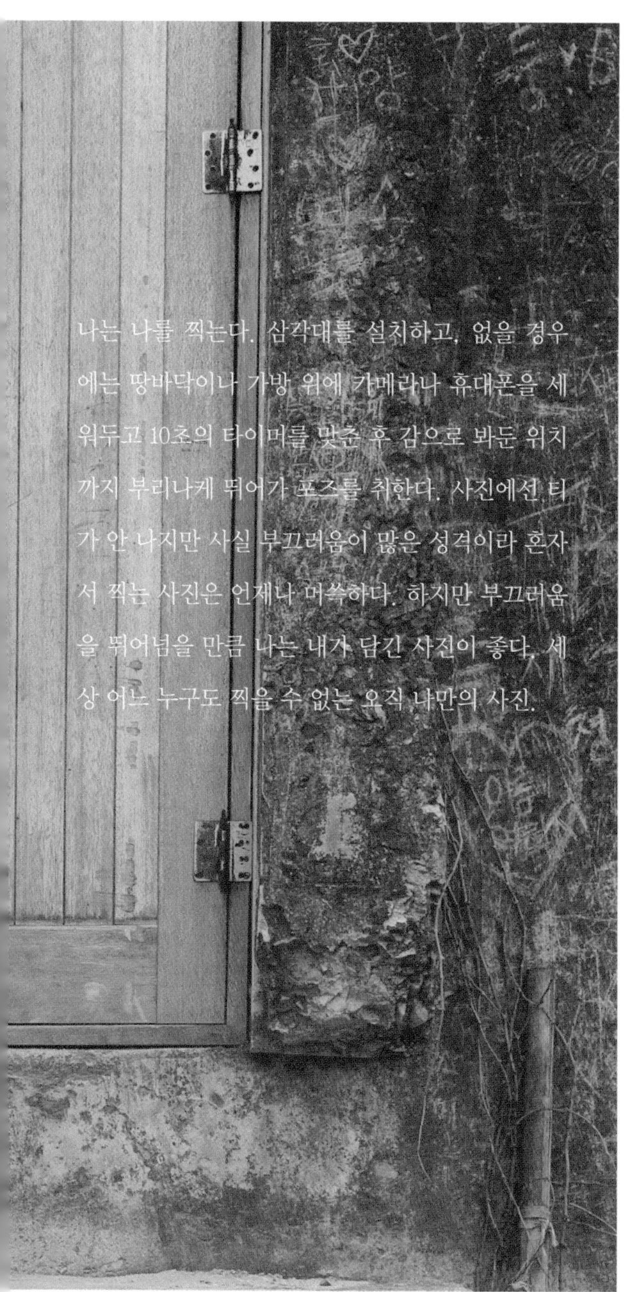

나는 나를 찍는다. 삼각대를 설치하고, 없을 경우에는 땅바닥이나 가방 위에 카메라나 휴대폰을 세워두고 10초의 타이머를 맞춘 후 감으로 봐둔 위치까지 부리나케 뛰어가 포즈를 취한다. 사진에선 티가 안 나지만 사실 부끄러움이 많은 성격이라 혼자서 찍는 사진은 언제나 머쓱하다. 하지만 부끄러움을 뛰어넘을 만큼 나는 내가 담긴 사진이 좋다. 세상 어느 누구도 찍을 수 없는 오직 나만의 사진.

군위 급수탑

처음엔 카메라 앞에 서는 게 익숙지 않아서 항상 뒷모습이나 눈을 감은 채로 사진을 찍었다. 어떨 땐 사진 속 내 모습이 너무 못나 보여서 '내가 조금만 더 예뻤더라면….' 하는 생각도 했었다. 하지만 계속해서 스스로를 카메라에 담다 보니 어느 순간부터 나도 꽤 매력이 있는 아이라는 걸 느꼈다. 내 사진을 보면 절로 힐링이 되는 사람이 있단다. 나의 발랄한 모습을 좋아해주는 사람이 있단다. 이름 모를 사람들의 칭찬을 듣고 사진은 모델이나 테크닉이 전부가 아니란 걸 깨달았다. 진짜 중요한 건 '나'라는 존재가 담겨있는 것 자체다. 이제는 당당히 내 얼굴을 찍는다. 그때그때의 감정을 확실히 표현하면서 활짝 웃거나 묘한 표정을 짓는다. 나는 충분히 예쁜, 충분히 멋진 나를 카메라에 담는다.

토스트

추위를 견디다 못해 마을 보건소 문을 두드렸다.

"정말 추워서 그런데, 혹시 버스가 올 때까지 이곳에서 쉬어도 될까요?"

보건소에서 일하시는 아주머니는 춥겠다며 어서 들어오라고 따뜻이 맞아 주셨다. 전기장판을 틀어 나를 앉히고는 따뜻한 커피와 토스트까지 만들어 주셨고 몸만 잠시 녹였다 갈 생각이었던 나는 아주머니의 예상치 못한 친절에 감사하면서도 죄송한 마음이 들었다. 버스 올 시간이 다 되어 앉아 있던 자리를 정리하고 아주머니께 감사하다는 인사를 드렸다.

"남은 여행도 다치지 말고 잘해요. 추운데 감기 조심하고요."

나는 문이 닫힐 때까지 꾸벅 고개를 숙였다. 아주머니는 마을에서 만난 처음이자 마지막 분이셨다. 꽁꽁 얼어버린 이곳을 돌아다니는 건 나뿐이었고, 들리는 소리라곤 한파주의보에 대비하라는 안전수칙 방송이나 집 앞을 지키는 개들의 왈왈거림이 전부였다. 너무 춥고 삭막했던 이 마을에 갑자기 정이 들기 시작했다. 그 이유는 아마 저 작은 시골 보건소 덕분이리라. 누군가가 베푸는 친절에 누군가는 평생을 간직할 위로를 받는다. 나는 다시 그곳을 찾고 싶어졌다. 삭막하고 얼어있는, 그렇지만 따뜻한 그곳을.

경주 도리마을

황구

나는 으스스한 숲길을 걷고 있었어. 근데 그때 뭔가가 바닥에 질질 끌리는 소리가 들리는 거야. 내가 또 겁 많기로는 꽤나 알아주잖아? 눈에 잔뜩 의심을 달고 소리의 근원지를 픽 노려봤지. 엄청 긴장했는데, 날 겁먹게 만든 놈을 보자마자 피식 웃음이 터졌어. 웬 황구 한 마리가 나를 졸졸 따라오고 있는 거야. 얘도 나처럼 겁이 많은 건지 내가 다가가면 뒷걸음질을 치더라. 그래놓고 또 내 뒤는 계속 졸졸졸 훔쳐오고. 만난 게 반가워서 같이 사진이라도 찍을까 싶어 냉큼 삼각대를 꺼냈는데, 그 순간 황구는 멀리 달아나버렸어. 참 아쉬웠지. 잘 가라는 인사도 못했는데 말이야. 그래도 속으로는 만나서 참 반가웠다고 말해줬어.

구름 한 점 없는 하늘은 늘 호기심을 불러일으킨다.

마치 파란 도화지 같은 하늘은 무엇을 그려도 작품이 될 것만 같았고,

그래서 나는 나를 그렸다.

파란 도화지

벙어리장갑

경주역에서 만난 벙어리장갑의 남자를,

안동의 게스트하우스에서,

또 여행 커뮤니티에서 만났다.

우연 속 짙은 인연은 참 신기하다.

경주

찜닭 반 마리

안동 하회ㅁ

여행 내내 식비를 아끼고 아끼다 딱 한 끼에 거한 사치를 부릴 때가 있다. 평소에야 음식 좋아하고 잘 먹는 거로는 둘째가라면 서러운 나지만, 여행만큼은 먹는 거보다 보는 게 더 좋아서 애초에 맛집 검색을 안 하고 가는 편이다. 하지만 안동은 달랐다. 이미 내 머릿속에는 '안동=찜닭'이라는 공식이 박혀있었기 때문에 무슨 일이 있어도 안동찜닭을 먹어야만 했다. 제주에서도 참다 참다 마지막 날 흑돼지 2인분을 해치웠는데, 안동에서도 찜닭 반 마리를 기어코 시키고야 말았다. 혼자 먹는 밥은 이젠 워낙 익숙해져서 아무렇지도 않았지만 양이 문제였다. 고기야 그렇다 치고, 당면이 너무 많아서 이것만 먹어도 배가 찰 지경이었다. 옆 테이블을 보니 두 명이서 반 마리를 시켜 먹고 있었다. 그렇다고 남기는 건 돈이든 음식이든 아까워서라도 용납 못한다. 전날 저녁으로는 3,500원짜리 김치볶음밥을, 오늘 아침으로는 800원짜리 삼각김밥을 먹었는데, 이 찜닭 반 마리는 17,000원이나 한단 말이다! 김치볶음밥을 다섯 번은 먹을 수 있는 돈인데 이걸 감히 남길 수가 있겠어? 나는 미션을 수행하는 자세로 그 많은 닭고기와 당면을 끝내 해치웠다. 배불러서 토할 것 같다는 느낌이 바로 이런 거구나 싶었다. 누가 내 배꼽을 꾹 누르면 배가 팡하고 터질지도 모른다. 먹다 지쳐서 당장 바닥에 드러눕고 싶은 마음을 가까스로 참고 가게를 나왔다. 왠지 모를 후회가 밀려왔다. '괜히 먹었어.' 17,000원이 대체 뭐라고. 그냥 남기면 될 것을. 오히려 800원짜리 삼각김밥을 더 맛있게 먹었던 것 같다.

여행 스타일

'여행 스타일'이란 게 있다. 혼자 하는 여행을 좋아하는 사람도 있지만, 반대로 여럿이 함께하는 걸 즐기는 사람도 있다. 혼자 일본에 왔다가 울면서 다음날 비행기 티켓을 구해 집으로 도망가는 사람도 있었고, 십년지기 친구와 여행을 떠났다가 영영 남이 되어 돌아오는 경우도 봤다. 때문에 '혼자 여행을 가고 싶은데 용기가 안 나요. 어떡하죠?' 같은 질문에 함부로 참견을 하기란 참 어렵다. 많은 고민 끝에 보내는 답장은 늘 이렇다.

경주 도리마을

'혼자 떠날 용기가 없다면 일단 마음이 맞는 친구와 가까운 곳을 가 봐요. 그럼에도 혼자 가고 싶다면 그곳에 대해 많은 공부를 하고 가세요.'

뾰족한 답이 아니라 실망할지도 모르겠다. 하지만 난 당신의 성격도, 취향도, 어떤 애완동물을 키우는지도 모른다. 자신을 가장 잘 아는 건 타인이 아닌 바로 '나'이기 때문에.

뒤를 돌아보세요

가던 길을 멈추어 서서 뒤를 돌아보세요. 무엇이 있나요? 실수로 흘린 100원짜리 동전? 오늘 내 꿈속에 나온 연예인? 내 뒤에는 내가 있습니다. 어딘지 아파보이는 표정을 하고 말이죠. 나는 다시 돌아가 나를 다독여 줍니다. 그러자 나는 방긋 미소를 짓습니다.

열심히 살고 있다면 더 많이, 가던 길을 멈추어 서서 뒤를 돌아보세요. 자신의 뒤에 서있는 '나'는 웃고 있나요? 우리는 타인을 위로하는 것에 익숙하지만 정작 나를 돌보지 못합니다. 정신없는 일상에 치여 '나'를 저 멀리 두고 오진 않았는지, 이따금씩 뒤를 돌아보세요.

경상북도 군위군

누군가의 마음에 따뜻한 덩어리로 남는 사람.

살면서 가끔씩 꺼내어 보게 되는 사람.

떠올리는 것만으로 작은 울림을 주는 사람.

이런 사람이 된다면 성공한 삶을 살았다고 말할 수 있을 것 같다.

단 한 사람이라도 좋으니, 누군가에게 벅찬 존재가 되고 싶다.

작은 울림

경상북도 군위

에그타르트

프랑스 파리에 간 여자가 있다. 여자는 여행 내내 바쁘다. 에펠탑과 개선문, 몽마르트르언덕과 베르사유궁전, 루브르박물관을 가기 위해 이틀 동안 숨을 헐떡이며 뛰어 다녀야만 한다. 결국 그녀는 수박 겉핥기 수준으로 파리를 구경한다. '좋았어, 파리에 와서 할 건 다했다!'라고 생각하지만 여자는 어쩐지 마음 한구석이 불편하다. 에펠탑은 예뻤고 궁전은 굉장했지만, 누군가에게 쫓기듯이 돌아다닌 그녀는 지쳤고, 마음을 건드린 여행지도 없었다. 그도 그럴 것이 사흘을 봐도 부족하다는 루브르박물관을 그녀는 고작 두 시간 만에 나오지 않았던가. 심지어 미술의 '미'자도 모르는 그녀였지만 남들이 다 가니까, 안 가면 손해일 것 같은 기분에 갔던 거지.

경주

내가 만일 파리에 간다면 곧장 에그타르트 집으로 달려갈 거다. 맛있는 에그타르트 집이 있다는 이야기를 어딘가에서 들었거든. 그리고 난 에그타르트를 무척 좋아하니까. 타르트를 포장해서 아무 광장에나 앉아 하루를 꼬박 사람들 구경하는 데 보낼 거다. 에펠탑은 볼 수 있다면 보고, 못 보면 말고. 나는 에펠탑에 별로 관심이 없으니까. 남들이 다 하기 때문에, 라는 이유로 그걸 좇아 하는 것은 여행이 아니다. '죽기 전에 꼭 가봐야 하는 100곳'이라는 남이 쓴 글에 나의 여행을 맞추지 말자. 여행은 온전히 나의 것이다. '내가 하고 싶은 것' 이것에 가장 큰 초점을 맞추어야 한다. 관광이 아닌 여행을 하자! 절대 바뀔 리 없는 내 여행 모토다.

바스락

추운 날씨 탓에 나뭇잎들이 얼어서 걸을 때마다 바스락 소리가 났다.

그 소리가 좋았다. 나뭇가지가 부서지는 소리는 특히 더.

그래서 나는 풀숲만 찾아 걸었다.

경주 도리마을

경주 바람곳게스트하우스

나뭇결

여행자들로 북적이는 숙소도 재밌지만, 때로는 아무도 없는 게 반가울 때가 있다. 특히 생각이 많거나 너무 지쳤을 때. 해가 저물기 전에 미리 들어와 남들보다 일찍 몸을 씻고 일찍 침대에 눕는다. 그리고 그렇게 몇 시간을 멍하니 생각에 잠긴다. 여행을 가면 내가 조금 더 이성적으로 변하는지 평소보다 더 현명한 판단을 내릴 때가 많아서 걱정을 한 아름 들고 가 그날 밤 홀로 풀어 헤치고, 뒤집어보고, 버릴 건 버리며, 주워 담을 건 다시 주워 담는다. 그리고 나면 속이 후련해진다. 여행을 다녀와서 망설였던 걸 시도하기도 하고, 연락이 끊어졌던 친구에게 용기 내 메시지를 남겨보기도 한다. 나는 그날 밤의 천장을 기억한다. 생각에 잠겨 몇 시간을 껌뻑거리며 바라보았던 이층침대의 나뭇결을 기억한다.

엄마 저는요

엄마, 저는요. 정말 많은 사람을 만났어요. 어깨 한 번 스친 인연도 있고, 정류장에서 대화를 나눈 인연도 있고, 배가 고파 함께 점심을 먹은 인연도 있었죠. 제주에서 만난 사람을 우도에서 또 만나고. 만나자마자 버스가 오는 바람에 반갑기도 전에 또다시 헤어져야 했어요. 하지만 다음에 꼭 만나자고 약속을 했지요. 지켜질지는 모르겠지만, 정말 만난다면 엄청 반가울 거 같아요. 여행 중에 엄마가 가장 보고 싶을 때는 혼자 아플 때예요. 경주에서 한파 때문에 걸린 감기로 열이 펄펄 끓었을 때, 저는 엄마가 참 그리웠어요. 제주에서 앞을 보지 못해 철 구조물에 심하게 이마를 부딪쳐 피가 났을 때, 저는 엄마가 참 그리웠어요. 하지만 혼자 약국에 가야 했고, 혼자 물로 씻어내야 했죠. 여행만큼 이제 저는 혼자서 할 수 있는 일이 많아졌어요. 혼자 돌아다니며 세상의 따뜻함을 느꼈고, 그만큼 앞으로 나는 무수히 많은 슬픔을 겪게 될 거라는 걸 알았어요. 하지만 잘 이겨낼 수 있다고, 슬픔보다 따뜻함이 더 많은 세상이라는 것도 알아요. 엄마, 저는 이런 여행을 하고 있어요.

제주 카멜리아힐

안동

여행은 사치가 아니야

'금수저네. 부모가 잘 사네.'

가장 듣기 싫었던 말. 여행을 하기까지의 내 노력을 모두 물거품으로 만들어버리는 소리. 여행에 있어서 돈은 그다지 중요한 게 아니라고 말하면, 그건 어디까지나 삶의 여유가 있는 사람들이나 하는 배부른 소리라고 말한다. 사실 그렇게 말하는 사람에겐 딱히 해줄 말이 없다. 여행은 어디까지나 가고자 하는 의지가 가장 중요하니까. 하지만 둘러보면 텐트와 자전거만 가지고 전국일주를 하는 사람도, 경비가 없어 여행지에서 베이비시터며 막노동이며 돈을 벌어 여행을 이어가는 사람도 있다. 나라에서 학비지원을 받는 저소득가정에서 자란 여고생인 나도 1년의 아르바이트 끝에 여행을 한다. 안정적이지 못한 환경을 핑계로 대는 일은 진정으로 노력한 사람만이 할 수 있다. 삶에 여유가 있기 때문에 여행하는 것이 아니라 여행하기 때문에 삶이 여유로운 것이다. 여행은 사치가 아니다.

슬럼프

집안과 학교에서의 기대와 부담이 내 어깨를 짓눌렀다. 그럼에도 나는 속없는 웃음을 짓는다. 난 항상 밝은 아이였으니까. 어릴 때부터 센 자존심 때문에 어딘가 부족한 티를 내는 게 싫었다. 누군가에게 꿀리지 않기 위해 늘 열심이었고, 예쁜 아이, 든든한 친구, 자랑스러운 딸로 인정받길 원했다. 그래서 나는 단단한 가면을 썼다. 언제나 즐겁고, 모든 게 괜찮은 아이. 남에게 내 속마음을 털어놓는 것보다 방 한구석에 쪼그려 앉아 혼자 눈물을 삼키는 게 더 편했다. 열여덟의 11월. 나는 슬럼프에 휘청거렸다. 내 주위의 모든 것은 난장판이었으며, 그 덕에 나도 만신창이였다. 시험이 코앞이지만, 이런 와중에 공부가 머릿속에 박힐 리 없을 터. 애꿎은 노트만 주제 없는 낙서로 가득 차 있을 뿐이었다. 난 결국 숨 막히는 독서실을 박차고 나왔다. 작은 가방에 카메라와 삼각대, 그리고 버스비 2천 원을 챙겨 정류장으로 달려갔다. 머리만 좀 식히고 오자. 생각만 좀 정리하고 오자. 나는 도망치듯 버스에 올라탔다. 시흥 토박이로 살면서 이미 수십 번도 넘게 가본 대부도가 목적지였다.

대

단돈 2천 원

비행기를 타는 게 여행이 아니에요.

여행은 마음이 울컥하는 거예요.

바로 옆 동네일지라도 그곳이 당신의 가슴을 뛰게 했다면, 그건 여행이에요.

그래서 전 여행이 좋아요.

단돈 2천 원으로 최고의 위로를 받을 수 있잖아요.

대롱대롱

멀리서 보았을 땐 내가 저 나무보다 키가 클 줄 알았지. 타이머를 꾹 누르
나무 옆으로 뛰어가는데, 생각보다 나무가 훨씬 큰 거 있지? 그래서 나도
르게 손을 뻗어 버렸어. 그러면 저 꼭대기에 손은 닿을 수 있을 거라 생각
고 말이야. 하지만 택도 없었지. 원래는 나무와 어깨동무를 하려 했는데,
쩐지 열매마냥 대롱대롱 매달린 꼴이 돼버렸지 뭐야.

대부도

허수아비들

경상북도 군위

귀여운 허수아비들 사진을 찍다가 문득 함께하고 싶단 생각에 고생을 좀 했다. 육상선수처럼 온 힘을 다해 뛰어야 했다. 숨이 찼지만, 뻔뻔하게 금세 표정과 포즈를 취했다. 이렇게 내 사진엔 짠 내 나는 스토리들이 숨어있다. 타이머가 20초까지 연장이 되었으면 좋겠다. 아니면 성능 좋은 리모컨을 하나 사든지.

외나무다리라니! 이건 보자마자 찍어야 해! 싶었다.

문제는 지금까지 찍은 사진들 중 가장 힘들었다는 것.

타이머가 흘러가는 10초 동안 뛰어서 다리 중간까지 건너간다는 게 무섭기도 하면서 얼마나 우스운지.

하지만 또 원하는 사진을 결국은 건져내고야 만다.

외나무다리

경주 산림환경연구원

근데, 사실 외나무다리는 아니지롱!

(하지만 진짜 무서웠다는 거…)

그 짧은 10초가 사진을 만든다.

경상북도

시행착오

삼각대와 카메라,

한 장의 사진을 위한 수십 번의 시행착오

항해

인생이 딱 한 번뿐인 항해라고 한다면, 우리는 지금 아주 튼튼한 돛을 만들고 있는 거야. 어떤 돛을 만드느냐에 따라서 평생의 항해는 달라지지. 아주 튼튼한 돛을 만들기 위해선 찢어지는 방법도, 구겨지는 방법도 알아야 해. 그래야 어떤 폭풍우를 만나도 끄떡 없는 돛을 만들 수 있을 테니까. 실패는 너에게 더 큰 실패를 가져다주지 않기 위해 존재하는 거야. 우리는 지금 그런 과정을 겪고 있는 거지. 가장 멋진 항해를 나갈 준비.

도
전

아프니까 청춘이라는 말이 있지 않던가.
실패를 두려워 말자.
도전 없는 청춘은 청춘이 아니다.

경상북도 군

웃음

웃음이 많은 사람의 주위는 언제나 북적하다.

그 말은 곧 그 사람에게 좋은 기운이 있다는 것.

살면서 딱 하나 헤퍼도 좋은 게 있다면, 그건 바로 웃음이 아닐까?

그곳은 문을 여는 순간부터 친절했다. 홀로 떠도는 나의 안부를 묻고 그간의 여행 이야기를 들어준다. 추운 날씨에 감기는 걸리지 않았는지, 저녁은 해결했는지 살피다가 필요한 게 있으면 언제든지 찾아달라고 말한다. 포장지의 테이프를 뜯기 위해 가위를 빌렸을 때 그녀는 혹시 칼도 필요하냐고 물었다. 그녀가 내게 베푸는 따뜻함은 하룻밤의 가치 그 이상이었다. 좋은 시설도, 푹신한 침대도 아니었지만 나는 왠지 그곳에서 하루를 더 묵고 싶었다. 빌린 가위를 돌려주러 가면서 하루 더 지낼 수 있냐고 물었다. 그녀는 그렇게 하라며 활짝 웃었다.

하루 더

작은 낭만

삶을 낭만적으로 바라볼 필요가 있다.

사막 한가운데 숨겨진 오아시스처럼, 소복이 쌓인 눈에서 피어나는 야생화처럼.

우리는 마음속에 작은 낭만을 품어야 한다.

낭만이 없는 삶은 메마른 사막, 생기 없는 겨울이다.

경주

뜻밖의 메시지

여행지에서 받는 뜻밖의 연락은 언제나 반갑다.

무료하게 버스를 기다릴 때나 잠들기 전은 특히 더.

'슬기야, 여행 잘하고 있지? 거기도 많이 추워?'

소소한 한 통의 메시지가 내 마음을 얼마나 훈훈하게 해주었는지

너는 아마 모를 거야.

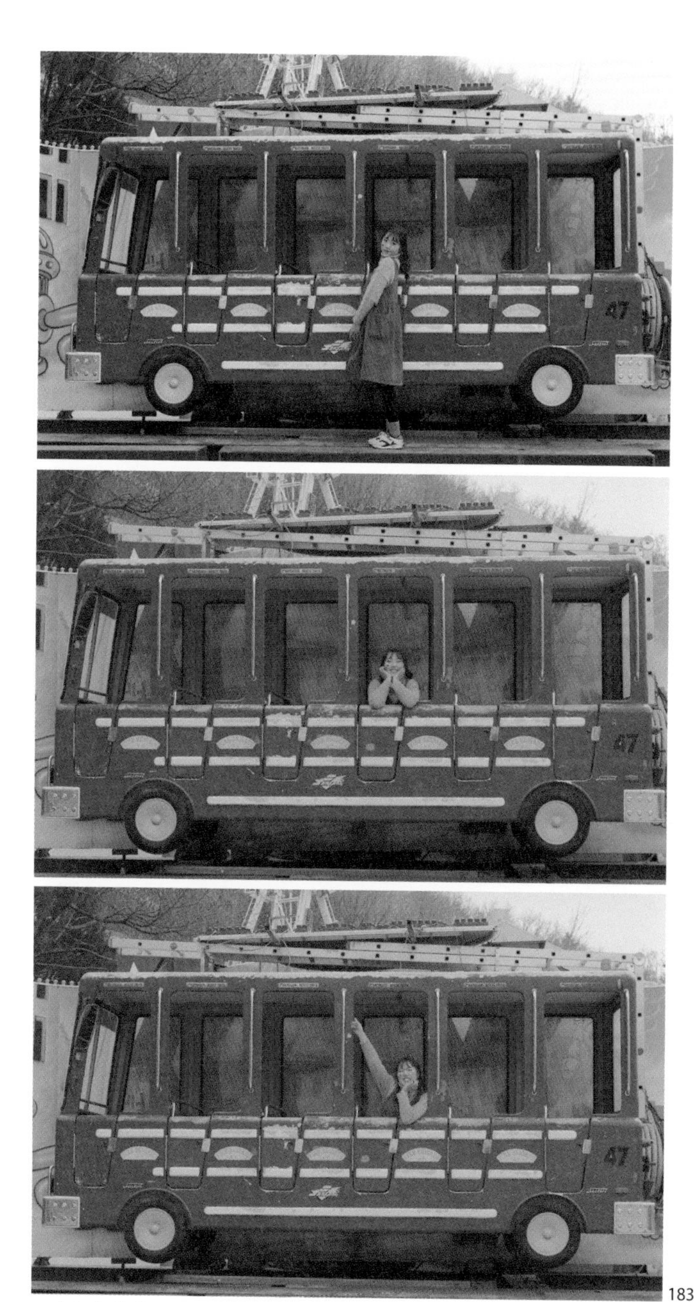

서울 용마랜드

서울 용마랜드

삶은 달걀

기차여행 중인 가족을 만났다. 여덟 살 남짓 되는 꼬마가 옆 자리에 앉은 내게 삶은 달걀을 건네면서 대화의 물꼬를 텄다. 내게 달걀을 준 아이가 막내였고, 그 위에 두세 살 많은 누나와 젊은 부부가 이 가족의 구성원이었다. 그들의 목적지는 정동진. 부부의 특별한 추억이 담긴 곳이라고 했다. 이유를 물으니 연애시절, 정동진에서 계획에 없던 첫째를 만났다고. 그 덕에 그들은 남들보다 일찍 결혼했고, 늘어난 숟가락만큼 치열한 삶을 살아왔다. 단칸방에서 시작해 아파트까지. 어느덧 어엿한 가정으로 자리를 잡아갔고, 열심히 살아온 스스로에게 주는 보상으로 시작한 여행을 이제는 틈만 나면 한단다. 오늘처럼 삶은 달걀과 토스트를 싸들고 기차를 타면서 말이다.

"여행 별 거 없어. 그냥 우리 가족이 함께 있다는 게 중요한 거야. 그것만으로도 얼마나 행복해?"

삼각김밥

오픈카를 타고 해안도로를 달리는, 밤바다를 수영하며 달큰한 샴페인을 마시는. 어릴 적 내가 가진 여행에 관한 로망이었다. 하지만 내가 꿈꿔 온 만큼 나의 여행은 그리 아름답지도, 결코 호화스럽지도 않았다. 삼각김밥과 컵라면은 나의 익숙한 주식이 되었고, 교통비를 아끼기 위해 발에 물집이 잡히도록 걸어야 했다. 그럼에도 불구하고, 나의 여행이 그 무엇보다 낭만적인 이유는 단 한 가지. 그 속에서 열렬히 행복했기 때문이다.

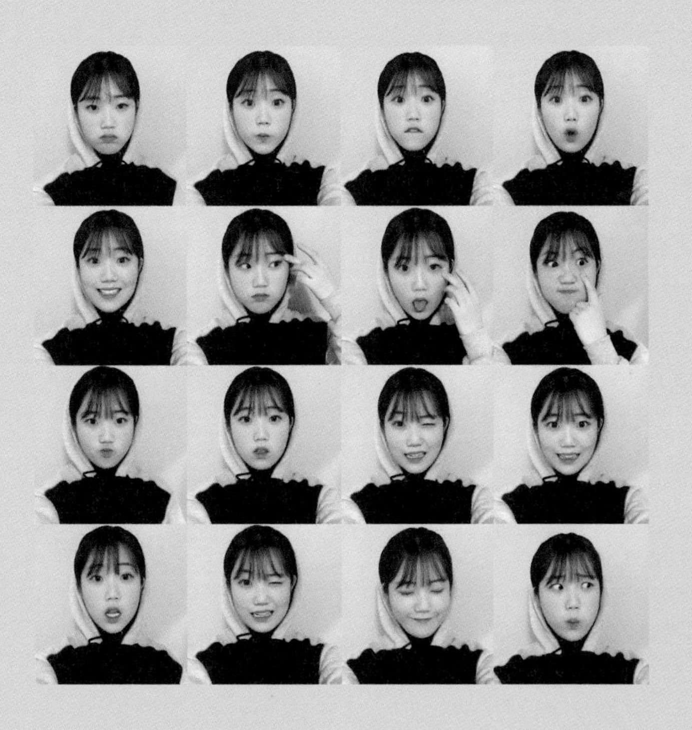

게스트하우스

내 여행의 숙소이자 마지막 목적지는 언제나 게스트하우스. 저렴한 가격이 가장 큰 메리트고, 개인 침대며 세면도구, 심지어 조식까지 제공해준다는 점이 처음 게스트하우스(일명 게하)를 방문한 이유였다. 하지만 이제 내게 게하는 단순히 숙박업소의 의미를 벗어난 또 다른 나의 여행지가 되었다. 나는 그곳에서 뜨거운 청춘들을 만난다. 나이도 제각각, 사는 곳도 제각각인 그들이 오직 '여행'이라는 동일한 관심사 하나로 모여 대화를 나눈다. 세대 차이도, 가치관 차이도 없다. 우린 모두 여행을 하고 있고, 가장 뜨거운 순간을 함께 보내고 있으니.

제주 객의하우스

성공한 삶?

경상북

사회시간이었나, 수업 중에 '직업 선택'에 관한 의견을 나눈 적이 있어요. 내가 잘하는 것을 하느냐, 내가 좋아하는 것을 하느냐에 대해서 양쪽 주장이 대립했지요. 잘하는 걸 해야 성공한다고 말하는 친구도 있었고, 반대로 좋아하는 걸 해야 성공한다는 친구도 있었어요. 난 조용히 그들의 대화를 듣고만 있었지요. 어딘지 모르게 마음 한구석이 답답했어요. 생각보다 많은 친구들이 물질적으로 부유한 삶이 곧 성공한 삶이라고 말하더군요. 고작 돈이 꿈의 목표가 되기엔 우리는 아직 어리고, 또 어린데 말이죠. 인생의 목표를 무엇에 두느냐에 따라 선택지는 무수히 변합니다. 저 역시도 현실과 꿈 사이에서 늘 갈등하곤 해요. 저를 포함해 모든 친구들에게 묻고 싶어요. 우리는 성공해야 할까요? 아니면 행복해야 할까요? 그 답은 모두가 다르겠지요. 행복한 삶이 곧 성공한 삶. 오늘의 난 이런 결론을 지었습니다.

서울 용마랜드

한 장의 사진

'결국 한 장의 사진' 우연히 본 캐논카메라 광고 속 문구였다. '결국 한 장의 사진' 난 여행 내내 카메라를 손에서 놓지 않는다. 가장 아름답고 찬란한 순간을 내 작은 카메라에 기록하기 위해서. 순간의 조각들이 모여 하나의 추억이 되고 그 추억의 중심에 바로 내가 있다. 나를 스쳐간 바람, 내게 닿은 햇볕, 수많은 인연과의 관계, 그 속에서 내가 느낀 형용할 수 없는 감정들이 뒤섞여 단 한 장의 사진에 기록된다. 많은 게 필요하지 않다. 결국 한 장의 사진, 그거면 충분하다.

왠지 모를

이야기가 있는 사진이 좋다.

흔한 배경 속 과한 설정보단 우스꽝스럽지만 자연스러운.

찰나의 순간 속, 내가 찍힌 그런 사진엔 왠지 모를 애정이 배어있

제주 길거리

앞으로 어떤 삶을 살게 될지 모르지만 나는 쭉 열여덟의 나로 살고 싶다. 도전 앞에서 두려워 않는, 장애물을 만나면 보란 듯이 뛰어넘던, 언제나 명랑하고 행복하고 싶었던. 열여덟의 슬구가 늘 마음속에 있어주길 바란다.

열여덟

제주 더럭분교

엄마, 나 열여덟답게 살래요!

앞으로도 쭉~

제주 더럭분교

코끼리보아뱀

제주 협재해ㅂ
어린왕자 속 코끼리보아뱀을 닮은 비양도를 배ㄱ

사막이 아름다운 건 어디엔가 우물이 숨어있기 때문이야.

눈으로는 찾을 수 없어. 오직 마음으로 찾아야 해.

생텍쥐페리의 『어린왕자』 속 한 구절이다.

삶이 사막이라면 여행은 우물을 찾는 과정이 되겠지.

제주 이호테우해변

갈림길

갈림길 앞에선 늘 고민에 빠집니다. 이 길이 맞을까? 잘못된 길이면 어쩌지? 갈림길 앞에서 확신을 갖는 사람은 아무도 없어요. 그러니 자신 있게 걸어가세요. 이 길이 아니다 싶으면 다시 되돌아오면 되니까. 대신 조급함은 잠시 내려두기. 지름길엔 없는 뜻밖의 풍경을 마주칠지 누가 알겠어요?

가만히 서있기는 너무 어색하니까, 뭐라도 하려고 했던 포즈가 이것.

어딘가 되게 어정쩡한데, 또 그게 매력이라고 우겨본다.

포즈

상북도 군위

배움

학교에서는 가르쳐 주지 않는 소중한 배움이 바로 여행에 있다.

경주

태권브이

걷다가, 걷다가 만난 알록달록한 학교. 주말인데도 아이들이 공을 차며 놀고 있었다. 태권브이 얼굴처럼 예쁘게 색칠되어 있는 학교를 배경으로 사진을 찍는 나를 아이들이 몰려와 구경했다. 안녕, 하고 인사를 하니 수줍게 손을 흔들고 우르르 사라진다.

그냥 이대로

창가에 비치는 노을 진 하늘을 볼 때나, 밤하늘을 올려다보며 따뜻한 차를 마실 때나, 일찍 깬 아침의 공기가 상쾌할 때나, 따뜻한 햇살 아래서 좋아하는 아이스크림을 먹을 때. 그냥 이대로 시간이 멈췄으면 좋겠다는 생각을 한다.

서울 용마랜드

1분 1초

가끔 이런 생각을 해요. 지금이 아니라, 1분 전에 내가 이 길을 건넜다면 과연 나는 무사할까? 운명은 그렇게 변하죠. 1분 1초의 차이. 자신의 미래를 모두 꿰뚫는 사람은 없을 거예요. 인생은 내가 세운 계획대로 흘러가지 않아요. 당장 오늘이 인생의 마지막이라고 생각해 보세요. 가장 먼저 무엇을 할 건가요? 지금 머릿속에 떠오르는 그것. 그걸 하면 되는 거예요. 24시가 지나면 오늘은 어제로 사라져요. 딱 한 번뿐인 오늘은 다시 되돌아오지 않죠. 망설이기만 하다 또 오늘을 흘려보낼 건가요? 오늘은 하루뿐이지만, 후회는 평생 남는답니다.

경상북도 군위

집이 최고야

등에 멘 가방이 마치 쌀가마니처럼 느껴질 때, 발목에 모래주머니를 찬 것 같을 때. 그때가 되면 어느덧 나는 집 앞에 와있다. 가장 지치고 힘겨운 발걸음으로 4층을 낑낑 올라가면 날 기다리는 고양이 칸쵸와 동생 탱구가 있다. 나는 가방을 내려놓기도 전에 그 둘을 향해 몸을 던진다. 칸쵸는 그르릉 소리를 내며 도망치고 탱구는 무겁다며 짜증을 내지만 반가움을 주체할 수 없는데 어찌할까! 어디서도 느낄 수 없는 포근함. 역시 집이 최고야.

제주 카멜리아힐

서울 용마랜드

여전히

여행이 사람을 바꾼다는 건 필요 이상의 과장이다. 난 여전히 나다. 관계 속에 얽매이고 사소한 상처를 받는 나. 큰 변화는 없다. 여행을 마치고 나면 자연스럽게, 아무렇지도 않게 난 다시 치열한 일상으로 돌아간다. 그리고 자연스럽게, 아무렇지도 않게 여행은 뜻밖의 모습으로 내게 스며들어 있다. 난 좀 더 진실 된 미소를 지을 수 있고, 인내할 수 있으며, 따뜻한 소통을 할 수 있다. 여행은 그렇게 조금씩, 조금씩 날 성장시킨다.

작은 위로가 되기를

사실 자신 있게 여행은 쉽다고 말하지는 못하겠다. 하지만 여행을 마치고 다시 치열한 일상으로 돌아왔을 때, 여행은 머리 터지는 수학보다, 울렁거리는 영어보다 훨씬 쉽다는 걸 절실히 느낀다. 외워지지도 않는 공식과 단어들을 억지로 머리에 쑤셔 넣지 않아도 되고, 나와 맞지도 않는 사람들의 비위를 맞추려 애쓰지 않아도 되는 게 바로 여행이니까. 그런 의미에서 여행은 쉽다.

내 여행기를 남과 공유하면서 가장 뿌듯했던 건, 나도 누군가에게 동기를 주는 사람이 될 수 있다는 거였다. 나를 따라 홀로여행을 떠났다는 한 친구의 블로그 글을 보았을 때, 그 벅찬 감정은 이루 말할 수가 없었다. 정말 좋았다. 이름도, 얼굴도 몰랐지만, 나는 진심을 다해 그 친구에게 고마웠다. 용기를 내주어서. 날 믿어주어서. 그 이후에도 많은 이들에게 메일을 받았다. 자신의 여행담을 들려주는 친구, 부모님의 허락을 받기 위해 나를 주제로 여행 ppt를 만들고 있다는 친구, 미술입시 준비

에 지쳐 힘이 들 때마다 내 사진을 보며 마음을 달랜다는 친구, 그리고 우울증을 앓던 어두운 삶에 내 글이 한 가닥 희망이 되었다던, 너무나 밝은 동생 연지…. 내가 오히려 그들에게 많은 위로를 받았다.
어느덧 내 책의 끝자락을 읽고 있는 지금의 당신. 그 마음 어딘가에 작은 위로가 되었다면 참 좋겠다. 많은 사람에게 읽혀지는 책보다 한 사람의 마음에 오래 머물다 가는 책이 되기를 감히 바래본다.

여기까지 함께해준 당신, 참 고마워요.
사랑하고, 행복하세요.

2016년 봄
슬구

우물밖 여고생

초판 1쇄 2016년 5월 12일
초판12쇄 2022년 5월 31일
지 은 이 슬구(신슬기)
펴 낸 이 한효정
기 획 박자연
펴 낸 곳 도서출판 푸른향기
디 자 인 화목

출판등록 2004년 9월 16일 제 320-2004-54호

주 소 서울 영등포구 선유로 43가길 24 거성파스텔 (07210)
이 메 일 prunbook@naver.com
전화번호 02-2671-5663
팩 스 02-2671-5662
홈페이지 prunbook.com | facebook.com/prunbook | instagram.com/prunbook

978-89-6782-043-5 03810

값 14,000원

이 도서의 국립중앙도서관 출판예정도서목록(CIP)은 서지정보유통지원시스템 홈페이지(http://seoji.nl.go.kr)와 국가자료공동목록시스템(http://www.nl.go.kr/kolisnet)에서 이용하실 수 있습니다.
CIP제어번호 : CIP2016010334